QUELLE EST LA COULEUR DU CIEL AUJOURD'HUI

ET AUTRES NOUVELLES

ISBN : 978-2-283-03513-9

QUELLE EST LA COULEUR DU CIEL AUJOURD'HUI

ET AUTRES NOUVELLES

PRIX DU JEUNE ÉCRIVAIN 2021

Préface d'Arthur Dreyfus

BUCHET • CHASTEL

DÉJÀ PARUS

Sang indien et autres nouvelles. Préface de Roger Vrigny. Prix du Jeune Écrivain 1989, La Découverte-Le Monde.

Villes d'exil et autres nouvelles. Préface de Georges-Olivier Châteaureynaud. Prix du Jeune Écrivain 1990, Le Monde Éditions.

Edna Marvey et autres nouvelles. Préface d'Odette Joyeux. Prix du Jeune Écrivain 1991, Le Monde Éditions.

La Pluie au crépuscule et autres nouvelles. Préface de Christiane Baroche. Prix du Jeune Écrivain 1992, Le Monde Éditions.

Prix du Jeune Écrivain 1993. Préface de Georges-Olivier Châteaureynaud, Le Monde Éditions.

Prix du Jeune Écrivain 1994. Préface de Jean-Marie Laclavetine, Le Monde Éditions.

Prix du Jeune Écrivain 1995. Préface de Noëlle Châtelet, Le Monde Éditions.

Prix du Jeune Écrivain 1996. Préface de Daniel Pennac, Le Monde Éditions.

Prix du Jeune Écrivain 1997. Préface de Michèle Gazier, Le Monde Éditions.

Ciel de lit et autres nouvelles. Préface d'Eduardo Manet. Prix du Jeune Écrivain 1998, Le Mercure de France.

La Descente des oies sauvages sur le sable et autres nouvelles. Préface d'Henri Lopès. Prix du Jeune Écrivain 1999, Le Mercure de France.

ROM et autres nouvelles. Préface de François Salvaing. Prix du Jeune Écrivain 2000, Le Mercure de France.

Carrefour des fuites et autres nouvelles. Préface de Georges-Olivier Châteaureynaud. Prix du Jeune Écrivain 2001, Le Mercure de France.

Cargo – Maria aparecida et autres nouvelles. Préface de Claude Pujade-Renaud. Prix du Jeune Écrivain 2002, Le Mercure de France.

Dès la première seconde de solitude et autres nouvelles. Préface d'Alain Absire. Prix du Jeune Écrivain 2003, Le Mercure de France.

(Suite en fin d'ouvrage)

Préface

Arthur Dreyfus

Il n'y a pas de grandes personnes

Dans ses mémoires, Malraux raconte avoir interrogé un vieux prêtre sur ce qu'il avait appris de l'âme humaine. Le prêtre avait réfléchi quelques instants, et répondu à Malraux : « Je vous dirai deux choses. La première, c'est que les gens sont beaucoup plus malheureux qu'on ne croit. La deuxième, c'est qu'il n'y a pas de grandes personnes. »

Ces constats sont des devises. Les seules qu'il me semble légitime de t'adresser, cher jeune écrivain. Un : n'oublie pas que ton devoir, en tant qu'artiste, est de faire « quelque chose » de ce malheur terriblement humain. Deux : n'oublie pas que tu resteras toujours un jeune écrivain.

À vingt ans, je ne me voyais pas écrivain. Je voulais devenir comédien – mais j'étais très médiocre. Puis j'ai remarqué dans le couloir de mon université une affiche du Prix du Jeune Écrivain. Je ne sais pourquoi, j'ai rédigé une nouvelle, je l'ai envoyée.

Et le Prix du Jeune Écrivain m'a dit : « Tu as remporté le prix. » Cette annonce m'a fait plaisir, bien sûr, mais étais-je pour autant devenu *écrivain* ?

Non. Car être écrivain n'est pas un titre. Un écrivain, c'est juste un garçon ou une fille qui ose écrire. Qui ressent ce besoin urgent de fixer avec des mots ce qui bouillonne dans sa tête. Un écrivain, ça peut donc être tout le monde. Du moins n'importe qui. Parce que la seule chose qui justifie son acte, c'est l'unicité de sa voix.

Si j'étais mauvais acteur, ai-je soudain compris, c'est que j'éprouvais le besoin maladif de choisir mes propres mots. Pas des mots exceptionnels. Juste *les miens*.

Seulement pour écrire, un ingrédient demeure crucial : la confiance. Elle peut provenir des parents qui croient en toi, d'amis, ou de profs – façon Camus. Mais la plus précieuse confiance s'avère celle qui jaillit de *l'autre monde* : le monde qui ne te connaît pas. Le Prix du Jeune Écrivain, à cet égard, m'a donné un grand élan. Il ne m'a pas ôté la faculté de douter, consubstantielle à toute création, mais il m'a chuchoté : « Si tu veux, toi aussi, tu peux. »

Il n'y a pas de grandes personnes, cela signifie également que la folie des premiers essais n'est pas condamnée à disparaître. Ta technique progressera, ton regard s'affirmera, mais ce qui t'émeut aujourd'hui t'émouvra demain. Devenir célèbre est plaisant (j'imagine), vendre des tas de livres tout autant (j'imagine encore), mais quoi qu'il arrive, cher jeune écrivain, chère jeune écrivaine, écris d'abord pour toi. Au nom de tes secrets, de ton enfance.

Cut. Dix ans plus tard, suis-je davantage écrivain ? Par pudeur, j'ai longtemps balbutié que *j'écrivais des livres*... même si la posture d'illégitimité est une posture en soi. De fait, j'ai vite abouti à la conclusion que la seule chose qui ferait de moi – de toi – un écrivain, c'est l'énergie que je, que nous consacrerons à écrire. Car un écrivain, c'est quelqu'un qui passe beaucoup de temps à écrire. Le reste ne le concerne pas : ce sont des querelles de critiques, de mode.

Les gens sont beaucoup plus malheureux qu'on ne croit, cela signifie enfin que l'humanité cache le secret de son chagrin. Or par miracle, la littérature vient poser un pansement sur cette profonde blessure : la vérité d'une voix agit comme un médicament. Dis toujours la vérité, cher jeune écrivain, même quand tu écris de la fiction. N'abdique jamais sur *ta vérité*.

Un dernier point : accroche-toi au style. C'est ce qui fait la différence entre ton œuvre à naître et le mode d'emploi du thermostat. Tout en sachant que le style, ce n'est pas faire des formules. Tout en démontrant que le style peut être blanc, gris, invisible, multicolore. Tout en répétant que le débat qui oppose fond et forme n'a aucun sens : la manière de raconter une chose découle des mots qui conviennent à cette chose.

L'écriture est difficile, mais elle ne t'abandonnera pas. Si tu l'as choisie aussi jeune, c'est pour une raison précise ; qui se révélera peu à peu. Tu perdras des êtres chers, ton cœur se brisera quelquefois, mais l'écriture sera là pour t'écouter, pour te guider. C'est ton privilège. Et ce qui fait que je n'ai rien à t'apprendre, cher jeune écrivain, chère jeune écrivaine : tes textes vibrent déjà. Ils parlent d'eux-mêmes. Et donnent envie de te dire : « Bienvenue. »

Quelle est la couleur du ciel aujourd'hui

Marilou Rytz

Tu prépares le repas, c'est ton tour aujourd'hui. Tu mets l'eau à bouillir. Tu fais des pâtes fraîches, tu les accompagnes d'un pesto maison, ail, basilic et tomates séchées.

Il est 18 h 30 et Dominique va arriver.

Dominique aime les pâtes au pesto et toi, tu aimes Dominique. Tu veux lui montrer que tu l'aimes, lui montrer combien tu l'aimes, lui dire que ce n'est pas grave. Que rien n'est grave, que tu comprends. Que tu l'aimes toujours autant.

Tu as écouté, tu as compris : ce n'est pas sa faute. Son travail est éreintant, ses collègues irritants, ton sourire agaçant, le métro toujours bondé, le ciel gris. Tu as compris même si toi, le ciel gris ne te dérange pas. Tu inventes que le soleil a disparu, qu'il a été volé par un éteigneur de réverbères qui en avait assez de devoir se lever avec l'apparition des premiers rayons, surtout en été. Tu peins à l'aquarelle son sac immense, bien plus grand que lui, et une redingote rapiécée. Tu peins ses boutons dorés. Tu peins dans ta tête et tu racontes à Dominique.

Tu aimes raconter à Dominique les images que tu peins dans ta tête.

Parfois, souvent même, Dominique rit. « Tu vois, c'est pour ça que je t'aime. » Et te voilà dans ses bras, vous virevoltez, ses yeux pétillent, vous êtes des allumeurs de réverbères, les porteurs de lumière, vous êtes libres et tu l'aimes tant.

Parfois Dominique ne rit pas. Monologue sur son boulot, celui qui ne rime qu'avec métro et dodo. Les délais, les chiffres, ce qui se vend et ce qui ne se vend pas. Dominique travaille dans une grande maison d'édition, pas la tienne, une autre, une qui imprime des ouvrages documentaires.

Dominique s'occupe de la section jardinage.

Dominique dit que ce n'est pas juste, que tu confonds profession et passion, que tu ne fais que dessiner et que dessiner, ce n'est pas travailler. Parfois Dominique ajoute que tu as de la chance, de la chance d'avoir des gens qui t'aiment malgré tes dessins plein la tête. Dominique dit que c'est compliqué de t'aimer.

Et toi, tu vois ton ciel se liquéfier.

Parfois Dominique te secoue. Et serre tes bras si fort qu'ils restent colorés des jours entiers.

Alors Dominique devient pâle. « Ce n'est pas moi, je ne comprends pas, pardon. Pardon mon amour, pardon, je m'en veux tellement. »

Toi tu dis que ce n'est pas grave, que rien n'est grave, que tu comprends. Tu dis que ces taches sur tes bras, ce sont des coups de lune, attrapés à trop rêvasser. Ou de l'aquarelle, délicatement déposée. Et Dominique sourit à travers ses larmes. « Tu vois, c'est pour ça que je t'aime. » Tu penses que son sourire est l'arc-en-ciel sur lequel vous dansez.

Il est 18 h 45, Dominique ne va plus tarder. Tu hésites. L'eau bout depuis plus de cinq minutes. Tu aimerais que les pâtes soient prêtes lorsque Dominique arrivera. Tu aimerais aussi qu'elles soient *al dente*, cuites à la perfection. Tu hésites. Tu décides d'attendre le bruit de ses pas dans l'escalier. Tu mets la table pour passer le temps. Tu plies les serviettes, râpes le fromage. Tu tends l'oreille. Tu essaies d'oublier la vapeur qui ne cesse de s'échapper. Tu rajoutes de l'eau froide. L'eau ne bout plus.

Tu te calmes.

Tu rêves de dessiner la buée qui envahit les vitres. Tu l'imagines gelée. Tu imagines une maison minuscule. Tu l'imagines construite dans une ampoule fissurée. Les fenêtres sont givrées. Tu aimes dessiner le givre. Tu as fait un album pour Noël, tu en as mis partout. Sur le chapeau des allumeurs de réverbères, dans les cheveux de la contorsionniste et au sommet du chapiteau. Ton éditeur a adoré, les lecteurs aussi. Mais ça n'est pas ça, l'important. L'important, c'est que les enfants caressent le papier avec leurs yeux remplis de poussière de réverbère. Les enfants ont toujours les yeux remplis de poussière de réverbère et tout ce qu'ils regardent s'en trouve illuminé.

Il est 18 h 53 et tu entends ses pas dans l'escalier.

Légers, presque sautillants.

Tu t'empresses de mettre les pâtes. Ta main tremble un peu. Ton poignet est douloureux.

Un cliquetis, Dominique a fermé la porte à clé. Toi, tu laisses la porte ouverte quand tu es à l'intérieur.

Dominique la ferme, toujours.

Tu appelles : « Mon cœur ? Tu as passé une belle journée ? »

Dominique court, t'embrasse, t'enlace. « Mon amour. »

Une bouteille à la main, un bordeaux, sans doute grand cru. Son sourire. Charmeur et délicat. Ses lèvres parfaites. Cet air contrit. La buée au coin des paupières. « Mon amour, pardonne-moi. »

Pardonner ? Tu souris. Il n'y a rien à pardonner. Tu sers les pâtes, Dominique remercie. Verse le vin. Tu revois ce petit resto italien, votre premier rendez-vous. Tu revois la bougie, son reflet dans la pupille de Dominique. Tu revois votre premier baiser. Tu te demandes ce que serait ta vie si ce jour-là vous ne vous étiez pas embrassés. Si l'un de vous n'était pas allé à ce salon du livre. Si Dominique n'avait pas acheté *Petite brume autour des réverbères* pour sa nièce de quatre ans. Si tu avais eu moins de temps pour dédicacer l'album. Si vous n'aviez pas tant parlé. Si tu n'avais pas glissé ta carte dans sa main.

Tu te demandes ce que serait ta vie et tu as mal de te le demander.

Ton poignet t'élance.

Dominique propose de faire la vaisselle et tu veux refuser. Ton poignet… Tu acceptes. Tu dis que tu l'aimes. Tu dis que tu l'imagines en pieuvre colorée, tu l'imagines jonglant avec les assiettes, astiquant les verres et essuyant les services.

Dominique t'embrasse sur le nez. « Tu vois, c'est pour ça que je t'aime. » Vous vous enlacez, tes douleurs sont oubliées, tu t'envoles dans ses bras, tu peins le soleil et chasses le brouillard, le ciel est bleu, les oiseaux brillent et vous jouissez.

★

Il est 7 h 30, la place à tes côtés est encore chaude mais Dominique n'est plus là. Tu as chaud tu as froid, tu appelles. « Mon amour ? Dom ? » Tu as froid et tu as chaud.

La table est mise, une odeur de café. Tu appelles encore, pas de réponse. Tu te demandes de quelle couleur est le ciel aujourd'hui.

Des pas dans l'escalier, légers. Le cliquetis des clés. « Mon amour, la boulangerie juste en bas était fermée… j'ai dû marcher jusqu'à *Chez Marceline*, pardon. » Et toi, tu fonds. Tu fonds sur Dominique qui t'enlace. Aujourd'hui, le ciel est bleu.

★

Il est 12 h 15, tu retrouves Chiara et Martial pour déjeuner.

Vous parlez de politique, de littérature, du prochain salon, des derniers succès, du goût de la coriandre, de ce petit bistro pakistanais qui vient d'ouvrir, il faudra tester, du fait d'être ou ne pas être végétarien, des photos de chats sur les réseaux sociaux, des gens qui parlent des photos de chats sur les réseaux sociaux, de la dernière application de rencontre, de Kadija, la femme de Martial, de

Philippe, le nouveau mec de Chiara, de Dominique. Tu souris en évoquant les croissants du matin. Tu as dessiné leur odeur, tu montres tes croquis. Martial demande si c'est le début de ton prochain bouquin, Chiara soupire que tu as de la chance. Elle a les yeux qui brillent, qui s'embuent, elle rougit, elle bafouille. Martial ne remarque rien, toi tu n'oses pas poser de questions. Il pleut dans le ciel de Chiara, et tu n'as pas tes pinceaux sur toi.

Martial parle encore du dernier *Star Wars*, de sa prochaine BD, d'un podcast sur les papas, de la forêt amazonienne, de son rendez-vous pro de 13 h 30. Il est 13 h 23, il panique, il vous salue, il s'enfuit.

Tu demandes à Chiara comment elle va. Elle répond : « Ça va ça va. »

Tu demandes si elle est sûre. Tu ajoutes : « Avec Philippe… Comment ça se passe ? »

Elle ne dit rien. Tu remplis le silence de parapluies colorés que tu dessines à la gouache, tout autour de Chiara, pour la protéger. Alors elle parle.

Elle dit d'abord que tu ne peux pas comprendre, que c'est compliqué, qu'elle l'aime, qu'elle l'aime vraiment, qu'il se fâche parfois, qu'il n'est pas violent, enfin si, un peu, mais qu'il ne fait pas exprès, que certaines amies lui disent de le quitter, que c'est dur, qu'elle n'aurait pas dû t'en parler, qu'il ne faut pas s'inquiéter, que ce n'est qu'un mauvais moment à passer, que Philippe est un peu stressé, que ça finira par s'arranger.

Tu as envie de lui dire que c'est faux. Que ça ne peut qu'empirer, qu'elle doit se battre, partir, le quitter.

Tu dis : « Je comprends. »

Elle t'offre un sourire de chien mouillé. « Bien sûr que non. »

Tu penses aux croissants, tu te dis que Chiara a peut-être raison.

*

Il est 18 h 30.

Dominique va arriver. Tu as passé l'après-midi à crayonner. À crayonner les rayons du soleil, jaune sur bleu azur, à chasser la pluie qui coulait des yeux de Chiara.

Ce n'est pas ton tour, mais tu as proposé de préparer le repas. Dominique a répondu : « Volontiers, merci. » Tu fais une salade immense et pleine de couleurs, une salade comme tu les dessines. Il y a des tomates, des carottes râpées, du maïs. Et de petites tartines de chèvre chaud. Tu fais couler du miel.

Les pas dans l'escalier, le cliquetis des clés.

Tu appelles. « Mon cœur ? Une belle journée ? »

La réponse se fait désirer. Dominique entre dans la cuisine, t'embrasse sur le nez.

« C'est prêt ? »

Tu l'invites à s'asseoir. Dominique parle de délais trop courts, d'auteurs qui se prennent pour des rois et pendant que tu dessines dans ta tête un jardinier-écrivain cousu d'or, Dominique te demande comment s'est passée ta journée. Tu effaces l'esquisse, parles de tes nouveaux dessins et de ton désir de peindre tes odeurs préférées, évoques Martial et Chiara. « Tu les vois souvent, non ? » Dominique n'a posé aucune question sur tes crayonnés. Dans ses yeux, tu vois le ciel qui s'assombrit.

« Un peu, oui. Ce sont mes meilleurs amis. »

Dominique renifle, ne dit rien. Soulève une tomate, la laisse retomber dans l'assiette. Te regarde d'un air écœuré.

Tu fais la vaisselle, vas te coucher.

Tu penses aux yeux de Chiara, à son ciel orageux. Tu penses à ton tout petit allumeur de réverbères, tu penses à la lumière, qui fait la différence. Tu penses aux yeux des enfants. À ceux qui racontent qu'on finit toujours par grandir. Tu penses à cette carte, remplie de minuscules personnages, que tu as tendue à Dominique, il y a déjà si longtemps. Tu penses à ce SMS rempli de compliments, tu penses à votre premier resto, tu penses à son sourire, tu penses à ses yeux, tu te demandes quelle sera la couleur de leur ciel demain.

*

Il est 7 h 35. Tu te réveilles loin de ses bras, Dominique te tourne le dos. Tu te lèves sans faire de bruit, prépares le café. Ton poignet te fait payer les heures passées à crayonner.

Dominique se lève, avale son café, tu voudrais l'embrasser mais déjà la porte claque sur ses talons. Tu commences à craindre la pluie. Tu crains la pluie, toi qui aimes tant l'odeur du béton mouillé.

Tu n'arrives pas à te concentrer, ton poignet, comme ton imagination, est rouillé. Tu saisis un pinceau, crées des engrenages infinis, des machines à broyer les cœurs, des avaleurs de sourire. Tu oublies que tu as mal au poignet, tu remplis ton carnet, tu imagines l'histoire de ceux qui pour une fois s'échapperaient.

*

Il est 15 h 37. Tu appelles Chiara. Elle ne répond pas.

Tu laisses un message après le signal sonore, tu dis : « Salut », tu dis : « Ça va ? », tu parles des couleurs de son ciel, tu penses à Dominique, à ses mots parfois durs, ses rires qui n'en sont pas, tu t'excuses, tu dis que tu es trop bête. Tu dis que tu es là pour elle, tu dis à bientôt, tu raccroches, tu t'inquiètes un peu, tu penses à toutes ces femmes qui souffrent en silence, tu penses à cette fille qu'on a retrouvée morte, tu penses à ses cris et aux voisins qui n'ont pas appelé la police, tu aimerais ne pas y penser, voudrais dessiner des allumeurs d'étoiles givrées, mais sous ton pinceau il n'y a que des engrenages, des engrenages acérés et des cœurs broyés.

*

Il est 18 h 30.

Tu as préparé un curry de légume et du riz. Dominique aime le curry, c'est ton moyen pour peindre le beau temps. Tu te demandes si les légumes ne sont pas trop croquants. Tu ajoutes un peu d'eau. Beaucoup d'eau. Tu avais le poignet trop douloureux pour couper la courge en fines lamelles.

Il est 18 h 48 et tu entends ses pas dans l'escalier.

Le son est sec, cassant.

Tu t'empresses de mettre la table.

La porte claque, cliquetis.

Tu inspires.

Tu appelles : « Mon cœur ? Tu as passé une belle journée ?

– À ton avis ? Je n'ai pas arrêté de courir après des trucs à faire pour le mois passé.

– J'ai préparé un curry.

– C'est prêt ? »

Tu goûtes. La courge craque, tu voudrais qu'elle fonde. « Encore deux minutes. »

Tu t'approches pour embrasser Dominique. Tu reçois un regard noir.

Tu ne dis rien. Tu n'oses rien dire. Tu penses seulement que le ciel gris, c'est dangereux. Il devient trop vite noir et orageux. Tu imagines ton allumeur de réverbères, tu t'accroches à sa lumière.

« Et toi tu restes là, tu dis rien, et le souper n'est même pas prêt ! »

Tu entends la musique, *Mistral gagnant* en sonnerie, tu vois ton portable s'allumer. Les yeux de Dominique déjà ombragés. Les éclairs. « Elle te veut quoi, cette Chiara ? » Tu vois sa jalousie et sa colère, tu te demandes comment va Chiara, tu aimerais lui répondre pour lui demander, tu n'oses pas.

Tu sens les mains sur les taches qui n'ont pas eu le temps de disparaître, les doigts agrippés à tes poignets, les secousses.

La musique s'est arrêtée, reste le souffle rauque de Dominique, éplorée.

Tu penses à Chiara.

Tu te dis que les femmes souffrent en silence et que les hommes ne souffrent pas.

Tu te demandes s'il y en a d'autres comme toi.

D'autres hommes qui n'existent pas.

Marilou Rytz, 24 ans, Granges-Marnand, Suisse.

Marilou Rytz est diplômée d'un bachelor de création littéraire. Elle participe également à plusieurs projets de groupes dont celui du collectif Particules. Elle écrit en ce moment un roman.

Ses écrivains préférés sont Jane Austen, James Matthew Barrie, Charlotte Brontë et Maeve Binchy. Elle se passionne également pour le théâtre, les balades et le bénévolat.

Marilou a été parrainée
par Mohammed AÏSSAOUI

Ma maman au bout d'une corde ou la raison pour laquelle j'ai cessé d'aller à la pêche

Adéliane Sauvageau

Tu devais m'attendre à l'arrêt d'autobus au retour de l'école.

Ce jour-là, tu n'y étais pas.

Nous devions marcher ensemble jusqu'à la maison.

Ce jour-là, j'ai fait le chemin seul.

La maison aurait dû être pleine de lumière et de musique.

Ce jour-là, elle était silencieuse et plongée dans l'obscurité de l'hiver.

La voiture de papa n'était pas devant la maison, je n'étais donc pas inquiet.

Je me suis pris à imaginer que tu m'attendais cachée pour me faire une surprise pour mon anniversaire, comme ils font souvent dans les films. Je ne vieillirai qu'à la fin de semaine prochaine, mais peut-être voulais-tu me fêter un peu à l'avance ? Je salivais à l'idée de croquer dans un morceau de ton fameux gâteau au chocolat que tu réserves pour les occasions spéciales. Je me suis déshabillé rapidement et j'ai pris soin de bien suspendre mon manteau et mon foulard pour que tu sois fière de moi. J'ai regardé derrière le divan, sous les lits, dans les garde-robes, mais je ne t'ai pas trouvée. Il n'y avait pas non plus d'effluves de chocolat dans l'air ou de cadeaux sur la table. J'ai fait le tour de la maison à la recherche de ta cachette. Il ne restait que le garage où je n'avais pas regardé. En ouvrant la porte, c'était une tout autre surprise qui m'attendait. Tu n'étais pas cachée derrière le mobilier de jardin.

Tu étais suspendue à une poutre du plafond.

J'ai eu le souffle coupé en te voyant ainsi perchée, maman. Tu me tournais le dos et je souhaitais secrètement que ce ne soit pas toi. Peut-être m'étais-je trompé de maison ? Mais au fond de moi je savais que ce corps t'appartenait.

J'ai fermé très fort mes paupières, espérant me réveiller dans mon lit, espérant que ce ne soit qu'un mauvais rêve, espérant que ce ne soit pas vraiment ce que je pensais, espérant que tu respires toujours, espérant ne pas avoir à faire face à la mort, espérant que mon enfance ne soit pas à jamais terminée, espérant qu'il y ait toujours quelque chose à espérer.

Je n'ai toutefois pas pu garder mes yeux fermés bien longtemps : les ombres et les images effrayantes m'assaillaient déjà.

Je t'ai imaginée dans un cercueil, des insectes te dévorant la chair, je t'ai imaginée en cadavre digne d'un film d'horreur.

Je t'ai imaginée, t'asphyxiant au bout de cette corde, ton corps secoué de soubresauts. Ça me rappelait les poissons qui sautaient dans la barque l'été dernier quand nous étions allés pêcher. Cette fois-ci la danse ne me faisait pas rire. J'ai senti les poissons mourants remonter dans mon estomac et j'ai vomi sur le tapis en me jurant de ne plus jamais en manger. En relevant la tête, j'ai eu l'impression que ton corps avait bougé, j'ai eu peur et je suis resté immobile à le fixer depuis l'embrasure de la porte. Je ne savais pas ce que je devais faire, je ne me sentais pas brave du tout, même si je portais mes chaussettes de superhéros. Mes pieds semblaient figés sur place, ma bouche était sèche et mes yeux incapables de se détourner de toi. Je voulais avancer, mais je n'arrivais pas à esquisser le moindre mouvement.

Il m'a fallu plusieurs respirations avant de parvenir à faire un pas dans ta direction. La nausée avait diminué, la peur l'avait remplacée. Après avoir fait dix-sept pas, je suis arrivé au pied de ton corps. Il était imposant, suspendu de cette façon. Je ne pouvais pas te laisser comme ça.

J'ai dû monter sur un tabouret pour t'atteindre.

Avant de défaire le nœud, j'ai voulu t'enlacer une dernière fois. C'était différent maintenant que tes bras ne resserraient pas leur étreinte sur mon si petit corps. J'ai fait bien attention de ne pas te serrer trop fort, pour ne pas toucher les bleus qui parsèment ton abdomen.

Te souviens-tu du soir où nous les avions nommés ?

Ils étaient récents et il était facile de les différencier puisque les jointures de papa ne frappent jamais deux fois de la même manière.

En t'étreignant, je percevais tes côtes frêles sous ta robe blanche et j'ai ressenti un énorme vide lorsque mon oreille collée sur ta poitrine ne parvint pas à percevoir les battements sourds de ton cœur. La pièce m'apparaissait trop déserte, trop silencieuse, trop inerte. J'ignore combien de temps mon étreinte a duré ; tout ce que je sais, c'est que je souhaitais très fort que tu finisses par me la rendre une dernière fois. J'écoutais en vain le silence dans la pièce priant pour qu'un dernier mot doux se glisse sur la commissure de tes lèvres.

Il n'est jamais venu.

Ma respiration solitaire était le seul son qui troublait le mutisme de la pièce. Sans doute pour que je puisse prendre pleinement conscience que je respirais toujours, moi. Tu me faisais un peu peur maman, tu avais l'air toute brisée, un cadavre froid et blanc. Ton cou semblait cassé et j'avais l'impression que tu devais avoir mal dans cette position. Je devais te libérer de cette attache. Peut-être était-ce la dernière fois que je pouvais t'aider à ne plus souffrir. En dénouant la corde, j'ai fait du mieux que j'ai pu pour ne pas croiser ton regard vide et effrayant. Je n'avais pas envie que tu deviennes un cauchemar qui hanterait mes nuits. J'ai fait mon possible pour déposer ton corps au sol en douceur malgré mes doigts tremblants. Mais il était tellement lourd, ton corps, maman, c'était comme si tout le poids de ton existence logeait dans tes talons. Au contact du sol, ta tête a fait un bruit mat.

Pardonne-moi maman.

Tu m'apparaissais si fragile, je me suis demandé où était passée la maman la plus forte de l'univers. Les larmes se sont mises à couler, créant ainsi une marée de regrets sur mes joues. Tu ne viendras pas à mon spectacle de fin d'année, tu ne me verras pas grandir jusqu'à te dépasser, tu ne m'emmèneras plus pêcher, tu ne me chanteras plus de berceuse et tu ne me réconforteras plus jamais. Désormais je serai seul avec papa, désormais je n'aurai plus de famille.

Debout sur mon tabouret, je t'observais. Mes pleurs créaient l'effet de gouttes de pluie sur ton corps. On aurait dit que j'étais un nuage. Un cumulonimbus, tu sais, le nuage d'orage. Oui, ainsi situé j'étais une partie de ciel qui écoulait toute sa peine sur toi. La vraie tempête est toutefois arrivée au moment où le cliquetis de la porte a résonné. Ma tristesse a cédé la place à l'angoisse et à la peur. C'était papa qui rentrait.

Au bruit qu'il faisait, je pouvais en déduire qu'il avait déjà commencé à boire. Il a arrêté de pleuvoir dans tes cheveux et les poissons de tout à l'heure ont tenté de nouveau de remonter dans ma gorge. J'ignorais ce qui m'effrayait davantage : ma maman sans vie ou mon papa sans conscience. Mes jambes tremblaient plus qu'au moment où mon regard s'était posé sur ton corps suspendu. J'écoutais son vacarme en cherchant des yeux un endroit où me cacher, comme je le fais toujours à son arrivée. Mais aujourd'hui je n'avais pas envie de te laisser seule avec lui, alors je suis resté perché sur mon tabouret. Il lui a fallu quelques minutes avant qu'il ne réalise que la maison était étrangement silencieuse. Il a titubé dans notre direction et, au moment où il t'a aperçue, les effets de l'alcool ont semblé se dissiper.

Papa n'a pas eu la même réaction que moi. Il n'a pas semblé apeuré, au contraire, il semblait furieux. Je ne compte plus les fois où je l'ai vu en colère, mais c'était la première fois que je le voyais aussi contrarié. Il t'a secouée comme si tu n'étais qu'une vulgaire poupée de chiffon.

Ce que tu avais l'air petite, ainsi brandie au bout de ses bras, maman.

Je voulais lui dire de te lâcher, mais j'avais peur que ce ne soit moi qu'il secoue ainsi s'il me remarquait. Son visage était tout contorsionné et rouge, le contraste entre vos deux teints était frappant. Tu avais la pâleur d'un ange et lui le teint d'un démon. Il criait, criait, criait, sans que tu réagisses. Des postillons s'échappaient de ses lèvres pour aller s'écraser sur ton visage. Sa salive se mélangeait aux larmes que j'avais versées quelques instants auparavant. J'ignorais comment il arrivait à regarder ton visage livide d'aussi près, moi qui en avais été incapable.

Il était si violent avec ton corps si fragile que j'avais peur qu'il ne te brise ou ne t'abîme davantage.

Au bout de quelques minutes, il a fini par se fatiguer et il t'a reposée au sol. Il s'est tourné dans ma direction et j'ai craqué. J'ai évacué sur lui toute la colère que mon petit corps avait accumulée. Je lui ai crié toutes sortes d'insultes, je lui ai dit que je ne voulais pas de lui comme père et je l'ai accusé de t'avoir tuée. Les larmes s'étaient remises à couler et elles laissaient des sillons brûlants sur mes joues. La tempête avait repris dans ma poitrine, la rage serrait mon cœur et tordait mon estomac.

J'ignore à quel moment je suis descendu de mon tabouret, mais je me suis retrouvé devant lui à marteler son gros ventre de bière de toutes mes forces. Il ne m'a pas arrêté, ne m'a pas frappé en retour, il n'a pas réagi. Il a encaissé mes coups et mes insultes, comme tu l'as fait avec lui pendant toutes ces années. Je passais sur lui toute ma haine, mais aussi toute ma détresse.

Je t'en voulais de m'abandonner comme ça, je te trouvais lâche, égoïste et méchante. Chaque fois que mes poings heurtaient l'abdomen de papa, une partie de mon enfance y restait. Ce soir-là, les miettes de mon innocence occupaient l'espace habituellement réservé aux croustilles sur sa panse. Je ne sais pas combien de temps cela a duré, je ne me suis arrêté qu'au moment où mes bras endoloris ne pouvaient plus se soulever.

Après ma crise, nos regards se sont croisés et, l'espace d'un bref instant, j'ai cru voir un peu de moi au fond de ses prunelles. J'y ai aperçu un mélange de violence et de haine, et j'ai eu peur.

Alors que je reprenais mon souffle, papa m'a demandé, d'une voix que je ne reconnaissais pas, si j'avais appelé la police ou les ambulanciers. Je lui ai fait signe que non et il est sorti de la pièce en traînant les pieds. Le silence était de retour et il paraissait encore plus lourd que tout à l'heure, comme s'il contenait désormais une multitude d'inquiétudes, d'incertitudes et d'angoisses.

Je savais qu'une fois les policiers arrivés tu me quitterais pour de bon. Alors, j'ai mis ta main devenue trop froide dans mes cheveux et je me suis étendu à tes côtés, à même le plancher poussiéreux du garage. Pendant quelques secondes, je me suis pris à croire que tu allais te mettre à me chanter ma chanson préférée et que je sentirais ton souffle chaud sur ma nuque, puis je me suis rappelé que cela n'arriverait plus jamais. J'ai commencé à énumérer tout ce qui allait changer après ce soir. Probablement que demain tout le monde sera au courant de ce qui t'est arrivé ; mes professeurs, les collègues de papa, la grosse voisine et tes amies du club de lecture. Je me demande comment ils réagiront en apprenant la nouvelle. Vont-ils s'effondrer au sol comme au cinéma ? Trouveront-ils cela tragique, incompréhensible, irréel ? Je me demande s'il y aura une petite place pour toi dans le journal. Si j'étais journaliste, je te placerais en première page. Je ne ferais qu'effleurer ta mort, pour laisser plus de place à tout ce que tu as été de ton vivant. Je rendrais hommage à tout ce que tu as accompli, pour toi et pour les autres. Tu mériterais la première page, pas pour la fin de ta vie, mais pour ta vie en soi. Je te concocterais le plus bel acrostiche du monde, qui déborderait d'amour. J'espère que les gens qui travaillent au journal feront un bon article, un qui soit à ta hauteur.

Pour les aider, je suis allé dans ma chambre mettre sur papier tes plus belles qualités. J'ai pris le papier bleu réservé aux grandes occasions et je me suis appliqué à faire de jolies lettres. J'ai travaillé fort et quand je suis revenu dans le garage pour te montrer le résultat, tu n'y étais plus. À la place se trouvaient des ambulanciers et des policiers qui parlaient fort. Papa était interrogé par un monsieur qui prenait des notes dans un calepin blanc usé.

Je me suis précipité à l'extérieur pour voir si tu t'y trouvais. Une partie de moi devait absolument te montrer l'acrostiche que j'avais composé. Je ne te voyais nulle part et je refusais de croire que tu te cachais dans le sac noir qu'un monsieur s'occupait de transporter. Je grelottais dans l'air froid de l'hiver et mes bas de superhéros étaient à présent tout trempés par la neige qui tapissait l'entrée. Une dame aux cheveux clairs s'est approchée de moi pour me parler. Je crois qu'elle tentait de me convaincre de rentrer à l'intérieur, je sentais ses doigts s'enfoncer dans mes épaules, mais je ne pouvais bouger. Je n'entendais pas ses paroles, trop occupé à fixer la civière qu'ils installaient dans l'ambulance.

Ce que tu devais avoir froid, maman, dans cet habit de plastique.

Les quelques flocons qui tombaient du ciel avaient mouillé mon beau papier bleu. J'aurais aimé pouvoir te lire mon acrostiche.

J'aurais aimé pouvoir te dire adieu.

Voilà une semaine que tu es partie, maman. Aujourd'hui c'est mon anniversaire, j'ai dix ans. Tu sais, je suis presque un homme maintenant.

Je pense que papa a oublié quel jour on est, ce n'est pas grave, je n'ai pas très envie de célébrer cette année. D'ailleurs, personne ne semble penser à mon anniversaire parce que aujourd'hui ce sont tes funérailles, maman.

Normalement tu me permets de rester en pyjama toute la journée, mais à voir la mine que faisait papa ce matin, je n'ai pas voulu argumenter et j'ai enfilé l'ensemble qu'il m'avait acheté. Le veston est un peu trop petit, il m'empêche de lever les bras et le pantalon semble être fait de papier sablé, mais je ne lui ai rien dit. Je ne voulais pas le mettre en colère, et puis c'était la première fois qu'il m'offrait quelque chose.

Je crois que c'était l'anniversaire le plus long de ma vie. J'ai eu mal aux jambes à me tenir debout près de ton urne toute la matinée pendant que des gens que je ne connaissais presque pas venaient me serrer la main.

Je n'avais pas envie de saluer les personnes qui venaient te dire au revoir. J'avais envie de leur crier des insultes, de leur demander où ils se trouvaient quand tu avais eu besoin d'aide et de les empêcher de serrer la main de papa.

Le monstre ne méritait pas de sympathie.

Puis il y a eu la cérémonie. J'ai pu aller lire mon acrostiche. Papa me l'avait promis l'autre soir pour me convaincre de retourner à l'intérieur après que l'ambulance t'a emportée.

Je crois que c'était la première fois qu'il tenait une promesse.

C'était impressionnant d'avoir les yeux de tous ces gens qui me fixaient. Au début j'avais la gorge sèche, mais je t'ai imaginée dans la salle et je n'ai lu que pour toi. Quand j'ai eu fini, les gens ont applaudi et j'ai senti que ce n'était pas pour moi, mais que c'était toi qu'on célébrait.

Je n'ai pas pleuré, je me sentais anesthésié, comme chez le dentiste.

J'ai perdu mon sang-froid lorsque tout a été terminé. Lorsque mon regard s'est posé sur les visages bouffis des inconnus dans la salle. J'aurais voulu qu'ils voient leurs têtes d'hypocrites. Ils n'avaient pas le droit de te pleurer, pas le droit d'être ici. Pas après avoir ignoré les bleus sur ton corps et les larmes qui ne quittaient plus tes joues depuis quelque temps. J'aurais voulu qu'ils aient toute la peine qui ne me quittait pas depuis une semaine, qu'ils aient la poitrine serrée en permanence par cette pieuvre qu'est le deuil et qu'ils se perdent dans le vide qui grandissait dans mon ventre depuis ton départ. J'aurais aimé passer sur eux toute la haine que j'avais contre toi et contre moi-même. J'avais la gorge nouée en les regardant quitter les lieux. Ils reprendraient tous le cours de leur vie, sans se soucier du fait que la mienne était détruite à jamais. Dans quelques jours ils ne penseraient sans doute même plus à ta mort, alors que l'image de ton corps suspendu ne s'effacera jamais de ma mémoire.

Une main s'est posée sur mon épaule alors que, les joues trempées de rage, je m'apprêtais à leur crier des bêtises.

C'était M. Lévesque, mon professeur. Il m'a tendu un mouchoir et m'a dit qu'il avait adoré mon acrostiche. J'ai eu envie de lui dire que ce n'était pas son opinion à lui que je voulais entendre, mais la tienne. M. Lévesque m'a proposé de m'aider à écrire un livre sur toi dans lequel je pourrais raconter des anecdotes, coller des portraits et faire des dessins de nous. Il a même dit que je pourrais y coller des fleurs séchées pour me rappeler ton odeur. Selon lui, les livres sont les gardiens de la mémoire. Ainsi, je pourrai te garder vivante éternellement entre les pages de mon ouvrage.

Tu te rends compte, maman, un livre entier juste pour toi. Ce sera le livre le plus magnifique de l'univers.

Après notre discussion, M. Lévesque est venu me reconduire à la maison parce que papa avait disparu. Je pense qu'il m'avait oublié, après tout il n'est pas habitué à s'occuper de moi. Une fois arrivé, j'ai commencé à chercher des photos de toi pour les mettre dans le livre. J'ai trouvé ma préférée, celle où tu virevoltes dans ta robe bleue à tournesols. Ton sourire figé sur le papier glacé réchauffe le cœur et tes yeux brillent de bonheur. Tu n'as pas l'air morte sur cette photo, c'est ce souvenir-ci que je veux conserver de toi : ma maman rayon de soleil.

J'ai sorti la photo de l'album en faisant bien attention de ne rien déchirer. J'ai ensuite traversé le salon en m'efforçant de ne pas trébucher sur l'une des nombreuses bouteilles d'alcool qui jonchaient le sol. Je ne voulais pas réveiller papa assoupi sur le canapé, je ne voulais pas le mettre en colère. Je suis allé me réfugier dans ton lit. Je me suis emmitouflé dans tes couvertures et j'ai respiré ton odeur, encore et encore. J'ai mis ton portrait sur ton oreiller, ainsi c'était un peu comme si tu étais là, à mes côtés.

Je sais que l'important d'un anniversaire ce ne sont pas les cadeaux, mais ce soir le seul cadeau que j'aurais aimé recevoir était celui de ta présence. J'avais envie que tu me bordes, envie de sentir la chaleur de ton corps si familière et réconfortante pour une ultime fois.

J'aurais aimé que tu me racontes l'histoire de Peter Pan pour que je m'endorme.

Je me suis consolé en pensant que ton esprit avait quitté ton corps désormais poussière, et qu'il était probablement déjà au pays imaginaire.

Et j'ai prié pour que, de là-bas, tu veilles sur moi.

Tu es partie il y a vingt ans maman, ce soir j'ai trente ans. Je suis un homme, maintenant. Ne t'inquiète pas, il y a toujours en moi une partie qui refuse de grandir, comme toi. C'est étrange cette année, c'est la première fois depuis mes dix ans que M. Lévesque ne sera pas avec moi pour célébrer.

Je serai donc seul à lire le livre que nous avons écrit ensemble après ta mort.

Tu sais, après ta mort, il m'a fallu plusieurs années avant que ma vie reprenne ce qui ressemble à un cours normal. Adolescent, je t'en ai beaucoup voulu d'être partie sans moi et de m'avoir égoïstement laissé seul entre les griffes de papa. Je t'ai trouvée lâche de ne pas avoir eu le courage de le quitter. J'ai supposé qu'en vérité tu ne devais pas m'aimer tant que cela, puisque je n'avais pas su te convaincre de rester. On aurait été bien tous les deux, non ? On aurait pu partir, j'aurais pris soin de toi et toi de moi.

J'ai passé ma jeunesse en colère. J'ai fait du mal à des gens bien, je voyais rouge et j'avais la tête pleine d'idées noires.

Puis un jour j'ai compris des choses que je ne comprenais pas avant. J'ai réalisé que tu avais vu ton conte de fées tourner au cauchemar, sans pourtant perdre l'espérance d'une fin heureuse. J'ai saisi toute la douleur qui t'habitait, tout le désespoir.

Bon Dieu, ce que tu devais te sentir seule, sans personne à qui te confier !

Peut-être que tu en avais marre de ce masque que tu enfilais avec moi ? Peut-être qu'il y avait trop de mon père dans mes yeux pour toi ? Peut-être que tu n'avais plus la force d'être brave, lumineuse et enjouée ? Peut-être qu'à force de me lire les aventures de Peter Pan tu t'étais prise à croire que tu pouvais aller le rejoindre ?

Je ne pense pas un jour réussir à comprendre entièrement ta décision. Et je sais que les vœux doivent rester secrets, mais cette année, en soufflant mes bougies d'anniversaire, j'ai souhaité réussir à te pardonner.

C'est difficile, tu sais, d'y parvenir complètement.

Il y a une boule d'amertume qui m'empêche de respirer et d'avaler normalement. J'imagine qu'il y a un peu de mon père quelque part en moi, mais tu m'as appris l'importance de pardonner.

Alors, je te pardonne.

Je te pardonne de ne pas avoir été là pour célébrer mon dixième anniversaire, ni les dix-neuf suivants. D'avoir parsemé les nuits de mes vingt dernières années de cauchemars dans lesquels ma maman au bout d'une corde me terrifiait. Je te pardonne d'être la raison pour laquelle je n'ai jamais remis les pieds sur un bateau de pêche ou dans un restaurant de fruits de mer. De m'avoir laissé seul avec le monstre, qui, pour moi, ne se cachait pas sous mon lit ou dans mon placard. Je te pardonne de m'avoir fait douter de ton amour et de ma valeur. De ne pas avoir été présente le jour de la remise de mon diplôme, ni celui de mon mariage.

Je te pardonne de ne pas avoir assisté à la naissance de ma fille et je te pardonne de te cacher au fond de ses yeux.

Je te pardonne d'être partie sans me dire adieu.

Je te pardonne de me rendre fou à essayer de me rappeler ta voix, ton rire et ton odeur. Je te pardonne d'avoir fait du jour de mon anniversaire le pire jour de l'année et de m'avoir laissé me sentir si désemparé lorsque les professeurs nous demandaient de créer des bricolages pour la fête des mères.

Je te pardonne de m'avoir fait croire que Peter Pan et la fée Clochette existaient, de m'avoir fait laisser ma fenêtre entrouverte, espérant que tu viennes avec eux me chercher pour m'amener au pays imaginaire.

Ce soir j'ai trente ans et ce soir, comme tous les ans depuis mes dix ans, j'embrasserai ton portrait posé sur ma table de chevet.

Et je souhaiterai que, quelque part entre la deuxième étoile à droite et le matin, tu penses un peu à moi.

Adéliane Sauvageau, 19 ans, Victoriaville, Canada.

Adéliane Sauvageau est étudiante au Québec. Elle se passionne pour la lecture, l'écriture, le théâtre, l'histoire, l'humour et la psychologie. Ses écrivains préférés sont Éric-Emmanuel Schmitt, Virginia Woolf, Gérald Godin, Marc Levy, Markus Zusak et Michel Tremblay.

Adéliane a été parrainée
par Ananda Devi

Ave Cesar

Juliette Guéron-Gabrielle

Il est un peu plus petit que la moyenne. Son pénis. Pas de quoi en faire tout un plat. Pas de quoi empêcher une femme de jouir. Il ne l'a pas découvert seul, qu'il était plus petit. Son camarade Max lui a demandé sa taille, puis lui a dit : « Ah, tu es en dessous de la moyenne. » Alors, il a cherché « taille moyenne de pénis homme » sur Internet. Et il a vérifié Internet dans le manuel d'anatomie de Max. Il est très fort pour trouver des informations, quel que soit le sujet. Parfois il pense que c'est ça qui lui a permis d'intégrer l'université de Cambridge. D'autres fois il se dit que c'est grâce à ses privilèges. Quand il est arrivé à Cambridge, ça lui a fait bizarre : il n'avait jamais vu une ville avec autant de Blancs. Il n'avait jamais parlé à tant de fils de consultantes ou de filles de professeurs.

Un centimètre plus petit que la moyenne, ça reste raisonnable. Bien sûr ce n'est jamais plaisant de savoir qu'en moyenne une fille qui le regardera se déshabiller aura vu mieux : en moyenne, son sexe sera une déception. Mais il a bien d'autres soucis dans la vie. Il y a, par exemple, le fait qu'il se sente très seul. Il passe des heures sans voir personne, seul dans sa tête, et il n'est même pas un type intéressant. Mais il n'aime pas s'attarder là-dessus non plus : il est seul, pas dépressif. Pas encore, pas encore, il se dit parfois quand il marche dans les petites rues moyenâgeuses de Cambridge, et il ricane.

Il n'a couché avec personne depuis son arrivée à l'université. Deux mois sans sexe, deux mois sans femme, il y a pire, il y a mieux. Le week-end dernier, il a bu les deux tiers d'une bouteille de vodka et il a embrassé la fille à côté de lui. Beaucoup de langue, il se disait. Un peu lourd. Ils sont allés dans la cuisine, qui sentait mauvais, pour mieux s'embrasser. Là, c'était mieux. Il pouvait la tenir, et elle passait sa main dans ses cheveux. Il avait grand besoin de cette tendresse, de sentir qu'il y avait une main, là, pour lui, qu'il ne pouvait pas disparaître puisqu'on passait une main avec des doigts très fins et des ongles propres dans ses cheveux. Il s'est mis à bander. La fille ne pouvait pas se douter du centimètre de moins à travers le tissu. Il lui a demandé si elle voulait venir dans sa chambre et elle a dit non. Mais tu peux, il a dit. Mais je ne le ferai pas, elle a répété. Il est remonté seul. À cause de l'alcool, il faisait des pauses toutes les dix marches. Il lui semblait évoluer dans un monde de plans fixes : l'escalier, son étage, son lit. Il avait comme un goût de larmes dans la bouche. Il s'est endormi tout habillé. Le réel semblait loin, le souffle d'un hautbois filtrant à travers un mur.

Le problème, c'est qu'il ne sait pas pourquoi il est là. À l'université de Cambridge il étudie la politique, il scrute les problèmes de représentativité, de confiscation du pouvoir par les élites, de déséquilibres dans les relations internationales, et partout où il regarde il voit des manifestations des problèmes que ses cours déplorent. La ville lui semble un îlot à l'écart du monde, peuplé de chemises repassées et de dents blanches. Quand ses professeurs parlent de la montée du populisme, de la colère du peuple, ils ont des airs de camarade en autocritique. Sauf qu'à Cambridge il n'y a pas de Parti pour allier la sanction à la reconnaissance de la faute. Ses professeurs sont heureux, ils vont au pub le vendredi, ils ont des enfants tout chauds et des maisons à l'anglaise avec des escaliers, de la moquette. Dans son université, les étudiants, les professeurs, se ressemblent. Depuis qu'il est là, une seule femme lui a fait cours ; et huit hommes blancs. Ils ont tous un peu de ventre, mais pas trop. Ils aiment les repas qui se prolongent dans la nuit, les bons mots, le vin riche comme une crème ; ils ne mettraient jamais les pieds dans un de ces restaurants où l'on mange des burgers avec les mains, et où l'huile goutte sur les genoux. Ils ont des manières, ils savent que les couverts s'utilisent de l'extérieur vers l'intérieur, à l'exception de ceux pour le pain au-dessus de l'assiette.

Lui, le nouvel étudiant, est malheureux au milieu d'une ville trouée par une rivière et traversée de grands professeurs. Il n'aime pas se réveiller le matin. Au lever, il doit boire trois cafés de suite : il a besoin d'être fébrile pour être sûr que son cœur batte. Dans la rue, il croise cent fois le même étudiant, il est cerné par des habits propres et des jambes pressées. La ville va vite, la ville a la cadence de la confiance. Depuis le XIIe siècle, elle s'arrange avec le monde, le regard un petit peu au-dessus des faits divers, des secousses de l'ordinaire.

Lui est lent parce qu'il ne croit en rien, surtout pas en l'avenir. Il se dit qu'à choisir il aurait préféré être dans une université branlante avec des murs en poussière plutôt qu'à Cambridge. Il aurait bu des canettes de bière et baisé plein de filles, sans complexer sur la taille de son pénis. Il n'aurait pas eu à voir avec autant de précision la limite entre ceux d'en haut et les autres. C'est déplaisant de devenir l'élite d'une société inégalitaire. Bientôt il ne pourra plus parler des cons qui nous gouvernent, il sera le con qui gouverne. Plus il monte la hiérarchie sociale, plus les visages se ressemblent. Il ne sait plus ce qu'il voit dans le miroir, il ne sait plus quelle tête faire, comment parler. Plus il monte, plus les portes s'ouvrent, moins il respire.

Il préfère penser à son pénis. Bien sûr, il l'avait déjà mesuré avant d'arriver à Cambridge, mais il ne lui était jamais venu à l'esprit de s'informer sur la taille moyenne. Parfois, il se sent venir d'une époque révolue où l'on ne comptait pas ses calories, ses pourcentages de batterie, ses centimètres au repos. Une époque de grandes plaines, d'églises silencieuses, de rivières où faire ricocher les cailloux.

À Cambridge, son ami Max lui avait demandé la taille de son pénis avant de lui dire qu'il était un centimètre en dessous de la taille moyenne avec un grand sourire. « Tu vois, Brutus, toi tu es un centimètre en dessous, moi je suis trois centimètres et demi au-dessus. » C'était un soir où Max faisait la conversation tout en mangeant des chips dans le lit d'une amie. Il y avait des bouts de chips qui tombaient dans le lit de la fille. « Brutus, tu vas me chercher une bière ? » Max avait demandé, après avoir parlé de sa bite. Max aime bien dire son prénom avec un mauvais accent français, ce qui donne quelque chose comme « Bwüthiüz ». Max étudie la médecine, alors il s'y connaît en taille de pénis. Il aime bien squatter les chambres des gens. Cela ne le dérange pas de mettre ses chaussures sur les draps ou des chips sous la couette ; c'est un mec très riche, très enfantin. Il a une gueule d'ange, avec une bouche rose en cœur et des cheveux blonds en tas. Quand il a les cheveux mouillés après la douche, ils tombent sur ses yeux et Max doit lever le menton pour voir ses interlocuteurs. Max aime bien regarder les gens dans les yeux jusqu'à ce qu'ils rougissent et parler de sexe. Il est plein de blagues, il réfléchit vite. Sur sa porte il a scotché une feuille A4 avec le nom des filles qu'il veut baiser avant la fin de l'année, un peu comme Luther avait affiché ses 95 thèses à une autre époque, dans un autre lieu.

Le matin, quand Brutus se réveille, il entend la voix de Max, très forte à travers les murs de l'internat. Voir autant d'énergie dans un seul corps, ça lui rappelle que lui est mou, comme une méduse qui flotte. Max, lui, est jeune et heureux. Sa vie ressemble à celle d'un guépard, un rythme rapide et fluide, une trajectoire complexe. Max passe d'une personne à l'autre, d'un night-club à l'autre, sans fatiguer. Brutus ne peut imaginer aucun métier à Max. Il ne le voit rien d'autre que monarque, un monarque qui régnerait sans descendre de son cheval avec une cour itinérante et autant de femmes que de nuits. Un monarque qui verrait le monde comme une grande comédie, et les gens comme autant de décors, de ménestrels, là pour que les rires se poursuivent. Max mourrait jeune sur un champ de bataille, n'ayant pas compris que la guerre existait. Mourant dans son armure percée, il serait heureux de partir sans avoir connu d'autres déconvenues qu'une fin précoce, sans n'avoir jamais vu la tristesse. Il aurait une dernière pensée pour les hommes qui lui avaient donné leur camaraderie, pour les femmes qui lui avaient cédé leurs cuisses pâles et leurs paupières peintes. En s'éteignant, il se rendrait compte qu'il avait été l'un des hommes les plus heureux du monde, un homme pour qui la réalité n'avait été qu'une brume dans le lointain.

Brutus a très peur, à Cambridge. Il a peur dans sa petite chambre la nuit, quand à minuit il entend les gens de son escalier claquer des portes. Parfois les voix de ses voisins se mêlent à ses rêves. Alors tout devient gris, il est coincé dans des champs morts, et les herbes folles ricanent. Il a peur quand il est sur son vélo et qu'il doit rouler du mauvais côté de la route. Il a peur de se faire écraser comme un chien. Il a peur, nu dans sa douche avec la porte de sa chambre fermée à clé, que ses voisins entrent. Il a peur de commencer à boire parce que c'est difficile d'arrêter. Il a peur de parler aux gens. Il a peur quand il ouvre son frigo et qu'il n'y a plus rien dedans. Il a peur de sa famille, qui est à Marseille et très fière de lui, alors que lui est là et qu'il sait qu'il n'y a vraiment pas de quoi être fier.

Il a honte, aussi. Il a honte d'être là.

Il veut un point de fuite. Il passe longtemps à marcher dans la ville à la recherche d'une échappatoire. Une échappatoire vers une société où il n'aurait pas à être en haut et d'autres gens en bas. Voire une société où il n'aurait pas à être. Il pense beaucoup à son enfance, à cette époque où il avait des pyjamas en velours coloré et où chaque matin, quand il sortait plein de sommeil de sa chambre, il retrouvait ses parents attablés devant des tartines. Il se souvient quand, parfois, ses parents avaient des invités. À table, entouré d'adultes qui parlaient du monde, il avait l'impression d'être du côté du Bien. La tablée lui semblait belle, dans son chaos de plats et de verres de rouge. Quand le dîner s'éternisait, ses parents lui donnaient le dessert avant tout le monde, ils lui servaient un verre de lait avec le gâteau, puis l'envoyaient au lit. Quand il s'endormait, rempli de chocolat, la voix d'une dizaine d'adultes filtrant sous la porte, il se sentait en paix. Il y avait un mur d'adultes entre lui et le monde. Il n'avait pas besoin de faire la conversation, il n'avait pas besoin de parler de l'école : la seule chose qu'il avait à faire, c'était de s'endormir. Lui endormi, la fête continuerait. Cette impression d'être entouré de gens qui connaissent la marche du monde, et qu'il suffit de se laisser porter par leur voix pour être en sécurité, Brutus ne sait pas comment la retrouver.

Il veut un point de fuite mais il n'en trouve pas. Il n'y a pas moyen de quitter la ville. Il est coincé dans une ville d'Ambitieux, dans la ville de ceux qui Réussissent. Il y a peu, il avait eu un cours d'une heure avec un professeur de relations internationales, et cet homme avait expliqué qu'il était un général à la retraite. « J'ai envoyé cent soldats en Afghanistan et ils sont tous revenus vivants », avait-il dit en guise de présentation. Brutus n'avait pas osé demander combien d'Afghans ces soldats qui n'étaient pas morts avaient tués. Il ne demande plus rien, il flotte d'un bâtiment à l'autre, et partout il voit des gens heureux. Partout il voit de la résolution, des cafés fumants, des écrans d'ordinateurs, des gens qui lancent des entreprises ou écrivent des livres en parallèle avec leurs études. Tout cela lui semble une sorte d'antichambre décadente du pouvoir où des gamins de dix-huit ans reçoivent les clés du monde. Il se prend à penser : que la mascarade cesse ! Puis il va en cours.

Quand il se souvient de ses amis d'avant, avec qui il traînait sur les plages de Marseille, un bob sur la tête et un skate à la main, il se demande si c'était vraiment lui. Il lui paraît impossible d'avoir été aussi léger, aussi rêveur. Maintenant il fume des Marlboro pour mieux respirer, pour occuper ses mains, et ses ongles deviennent jaunes. Il ne traîne plus avec personne ; il se traîne d'un endroit à l'autre.

Il rêve de tenir une chambre d'hôtes dans un pays de montagnes et de lacs, dans un pays sans importance. Une sorte de Suisse ou d'Autriche où sa chambre d'hôtes accueillerait les étrangers. Il ferait leurs lits en silence, leur servirait le petit déjeuner. Les étrangers dormiraient longtemps, sur ses sommiers durs, dans la montagne fraîche. Ils feraient l'amour puis prendraient des douches pour laver la sueur. Le matin, ils descendraient de leur chambre et iraient explorer les hauteurs. Dans cette chambre d'hôtes, les tapis absorberaient les sons, et les murs en bois fondraient la maison dans la forêt. Les gens n'auraient que très peu de pouvoir sur le monde, ils seraient de simples passagers. Les étrangers s'aimeraient et se sépareraient en silence. Brutus fantasme sur ce monde de calme que les crises des Grands n'atteindraient pas. Une tache de paix sur la carte d'un monde sanglant. Et lui, Brutus, serait l'ombre de cette ombre de monde, il ferait les lits, laverait les draps. Ici, à Cambridge, il se dissout dans le bruit, le pouvoir. Il doit faire des ourlets à ses jeans, comme si Cambridge l'avait rétréci.

Peut-être que ce n'est pas plus mal. Qu'il vaut mieux être petit avec un petit pénis, être un centimètre sous la moyenne, un centimètre sous le radar ; qu'il vaut mieux être une ombre, être le reflet de gens heureux sur un lac, plutôt qu'un homme qui organise le monde du bout de son stylo. Un homme partout chez lui, qui confisque la lumière, et laisse les autres dans l'obscurité. Un homme qui dirige les masses sans même s'apercevoir qu'il y a des gens en face de lui.

Brutus n'en est pas sûr. Il n'est sûr de rien. Autour de lui tout est mécanique. Lui qui aurait aimé être un Révolutionnaire se retrouve coincé dans l'Engrenage. Il est une chaussette solitaire dans une grande machine à laver. Alors parfois il rêve, le regard figé. Perdu dans l'île de la révolution industrielle, dans la ville de l'esprit, il rêve d'assassinat. Brutus se fait discret comme un esclave qui scie ses chaînes, comme un fils qui planifie le meurtre de son père.

Juliette Guéron-Gabrielle, 19 ans, Paris, France.

Juliette Guéron-Gabrielle est étudiante à l'université de Cambridge et étudie l'histoire et la politique. Sa nouvelle *On ne se jette pas d'un escalier* a été lauréate d'un concours de nouvelles et publiée dans un recueil édité par l'école Estienne. Ses écrivains préférés sont Gustave Flaubert, George Semprun, André Gide, Claire Barré, Virginie Despentes et Ernest Hemingway. Elle aime se balader, participer à de longues discussions, écouter du rock et lire un peu partout.

Juliette a été parrainée
par Arthur DREYFUS et Ingrid ASTIER

Oxymort

Alessandro Dobraje

Longtemps, il s'était levé de bonne heure. Le luxe du siècle désormais. Et c'était pas près de changer.

À la manière d'un feu follet, la veilleuse du bureau clignotait de l'œil, faisant tantôt, ni jamais le jour, ni jamais la nuit. Auréolé de cette ombreuse et sale lumière, accablé de fatigue, il sortait d'une autre nuit blanche à écrire et à écrire encore. Des feuillets d'un jaune fiévreusement lustré plein les mains, de ces mains nauséeuses et empestant la mer, il se tenait la tête de contrariété en contemplant ce qu'il avait accompli. Un peu moins que rien… Il n'osait se l'avouer. C'était un sacré paquet encore que ce manuscrit, écorné à chaque coin à force d'être empoigné et réempoigné. Un travail rondement mené, du début à la fin, du premier jusqu'au dernier espace qui n'en formaient plus qu'un : des pages blanches. Une fois de plus, c'était à recommencer.

Il avait beau écrire de toutes ses forces, gratter, marteler, transpercer le papier d'un crayon dont la pointe fût de bois ou d'acier, qu'il gribouillât à l'encre, à la sueur, aux larmes ou au sang, aucun mot ne s'inscrivait. Le papier les ignorait, lui et ses mots, de cet entêtement qui fait durer cent ans des guerres et des empires des siècles. Il n'y avait rien à faire. Rien. Mais il s'obstinait, têtu comme il était. Il était prêt à faire la guerre une nouvelle fois s'il le fallait. Elle finirait bien par pencher de son côté, la vie. Aujourd'hui peut-être... se disait-il en rougissant, plein d'un espoir de jeune fille. Une chance lui serait donnée, c'est écrit saintement dans le Saint Bottin. Dieu, tout Dieu qu'il est, l'a dicté en personne à des mains plus ouvrières. La belle affaire !

L'encre d'ici-bas, faut dire, c'est sale, et pas en odeur de sainteté.

Il était prêt. Ces derniers jours, il se sentait capable d'un chef-d'œuvre. C'était son rêve à lui, jeune histrion anonyme, suicidé avant l'heure.

Il leva la tête pour se donner du courage, reprendre son souffle. L'aube, déjà, perçait à travers l'un des trous du chambranle de la fenêtre, déversant dans l'appartement ses vagues de couleurs douces. Il restait un peu de temps. Il tenta le tout pour le tout et se remit à écrire, avec l'ordinateur cette fois, pour mettre le sale au propre. Et, mû par la force du désespoir, il jeta tous les mots qu'il avait encore en tête.

Cette fois, ça formait de belles phrases, glorieuses et rythmées, comme dans les grands romans. Il les imprima au plus vite. L'encre, ça pourrait aller, mais le papier, faudrait en racheter pour le soir. Il prit le paquet de feuilles et les contempla d'un œil rêveur. « C'est pas mal du tout ! » qu'il fit en ricanant. Ça avait vraiment l'allure d'un texte publié et pléiadé dans un beau cuir comme il faut. Il ne restait plus qu'à le mettre sur une étagère, à côté des autres livres, pour la poussière. Mais déjà, ses mots commençaient à brinquebaler, à se mettre çà et là, en pagaille, en un tohu-bohu incompréhensible. Le rythme qu'il avait eu tant de mal à trouver commençait à grincer ! La belle allure devenait banalement mauvaise !

Vite ! Il devait se dépêcher de le déposer, ce chef-d'œuvre, avant qu'il soit bon à jeter !

C'était l'heure ! Le retard sonnait à chaque coup. Il empoigna son fétiche : sa vieille doudoune miteuse noire à rayures blanches qu'il portait depuis plus d'une décennie. Il ne pouvait pas l'enfiler sans nostalgie, cette relique. Avec ses taches et son jus rance, elle lui rappelait la jeunesse et l'insouciance, et son doux rêve de devenir écrivain... Elle lui évoquait Rimbaud, ses joues fiévreuses et son regard rebelle, ainsi que les textes qu'il aimait, de ceux parcourant la nuit. Il voulait devenir comme eux, un homme admiré et détesté. Il était mignon. Mais ça lui rappelait également de mauvais souvenirs. Comme celui de la prof de français. De ses méchants regards débordant de haine et de dégoût, elle l'avait accompagné de la seconde à la première parce qu'il était lent à comprendre qu'il n'avait aucun talent. « Oxymore », c'était le p'tit sobriquet qu'elle lui avait donné. Car parlant toujours pour ne rien dire, on finissait par nier son existence... Suffisant pour le convaincre que *je* est un *il* qui n'existe pas.

« Bref ! Ça coûte trop cher ! » lança-t-il tout haut pour s'empêcher de rêvasser plus longtemps. Vêtu de sa vieille doudoune trouée, il ouvrit sa porte grinçante et se précipita hors de l'appartement sous les hurlements du chien du voisin. La pauvre bête était devenue folle à force de rester enfermée. C'était un chien tout blanc comme la neige éternelle. Son propriétaire, le Michot, trop ivre pour s'en occuper, le nourrissait à peine pour ne pas qu'il aboie sans arrêt. Mais ça ne suffisait pas. Alors il le battait aussi. Sans résultat. Noire de colère, la bête en perdait la tête et aboyait furieusement chaque fois que se fermait ou s'ouvrait une porte du couloir, ce monde étranger qui menaçait l'amour entre elle et son maître...

Une fois le seuil franchi, l'épopée commençait.

C'était d'abord la bravade de l'escalier de service, avec ses relents d'immondices. Mélanges infects de friture, de crasse et de pourriture. Ça vous empoisonnait la respiration jusque dans la poitrine. Innommable ! Ensuite il avait à guerroyer contre neuf étages, contre leurs venins et leurs pulsions meurtrières. L'escalier, nœud gordien, descendait en spirale jusqu'à l'enfer d'en bas. Chaque fois, c'était comme si la bâtisse tout entière luttait à mort pour la dernière fois, contre son déshonneur encrassé de tant d'années. Elle en voulait au monde entier et le criait haut et fort en se meurtrissant de l'intérieur.

Depuis toujours, il en est ainsi. Les hommes vieillissent et meurent, mais leurs injustices leur survivent. C'est leur héritage.

Cette bataille faisait rage depuis un bon quart d'heure. Le matin, ça prépare à la guerre, le soir, ça en libère. Comme on était lundi, le jour où on doit de nouveau porter sa croix, son seul réconfort était de recevoir une lettre de sa mère. Le parfum et la tendresse du pays natal... Une fois en bas, il enfouit la lettre dans son unique poche, la blottit contre lui et traversa la cour avec méfiance. Dans son dos et tout autour, dans la pénombre des volets entrouverts, des regards en flèche se décochaient.

S'il s'échappait, fallait au moins le blesser ce candide rodomont ! Des fois qu'au-dehors il voudrait s'en tirer !

Arrivé à la grande porte meurtrière à barreaux, il enjamba les dépouilles du concierge et de sa femme – main dans la main, ils avaient eu envie d'ailleurs... On peut sortir mais pas pour longtemps, il vous tue le dehors, une fois qu'on est trop habitué. Il poussa de toutes ses forces et la porte finit par céder, hurlant d'être ainsi mutilée de si bon matin. C'était pas une porte de Paris. Celles-là se taisent et se scellent, trop heureuses de vous enfermer pour de bon.

Une fois sur le seuil, il inspecta la rue avec une vigilance de soldat... Ils n'étaient pas là... Mais fallait pas baisser sa garde pour autant. Ça peut venir de n'importe où. Règle d'or.

Dehors, la « Gueule du chien » qu'on l'appelle le quartier. C'est un quartier pas tout à fait dans Paris mais presque, entre ailleurs et nulle part. Pourquoi ce drôle de nom ? Parce que autour se dressent deux énormes usines hérissées de tours gigantesques acérées comme des crocs. L'odeur y est méphitique et ferreuse, comme du sang vicié. On abat des bêtes par endroits, et des hommes partout, dit-on à raison. Et les deux usines vous enserrent à la manière d'une mâchoire, s'ouvrant juste assez pour en sortir ou y rentrer. Mais au-delà, c'est la même chose, sans issue. On finit toujours par revenir.

Ils n'étaient pas là. Il s'en assura de nouveau. Puis il pressa le pas. Une brume pas possible brouillait les yeux. Les feuilles de son chef-d'œuvre s'en imprégnaient, alors il courut.

Arrivé au métro, tout époumoné, il jeta de nouveau un œil inquiet sur ses feuilles qui commençaient à noircir, comme si on les avait jetées dans le feu ou dans l'eau. Toutes les causes pour la même conséquence : ça s'appelle le malheur. Il les secoua un peu, comme pour les refroidir ou les sécher. Pas l'effet escompté : quelques mots tombèrent, dans l'oubli, comme ça. Et impossible de les retrouver. Mais sans s'en rendre compte, il avait baissé sa garde et, en un instant, comme tombé du ciel, un ange-gardien-de-la-Paix déchu lui bondit dessus pour le pourfendre. « Vermine ! » s'écria le flic. D'un réflexe animal, il asséna un coup de coude dans le nez de ce malvenu. Celui-ci s'effondra, inerte. Ils se trouvaient là aujourd'hui, lui tendant une embuscade au pire moment. « Merdre ! » vociféra-t-il en se souvenant que dans l'empressement il avait oublié son tue-fliques. À l'entour, des silhouettes étaient sorties en trombe des tranchées de béton et couraient vers lui. Sans plus attendre, il s'élança et fut englouti par la bouche de métro.

Tout en bas, six pieds sous terre environ, c'est l'enfer, le vrai. L'humanité entière s'y croise, abracadabrantesque, avec toutes les teintes de sa misère et de ses drames. Faut voir ça. On en ressort toujours différent, si on en ressort. Et ça deux fois par jour, pour la plupart. Autant dire qu'on n'est jamais vraiment soi-même, jamais. On s'y accroche pourtant à son corps pour fuir ce lieu infernal, comme un vieux chewing-gum remâché collé à une semelle. Et que ça nous emmène quelque part ! Toujours là où on doit aller et jamais là où on aimerait être ! C'est un manège diabolique. Pour un ticket seulement on y a droit, et en cas de malchance, ça dure toute la vie.

Les avait-il semés ? Soupçonneux, il emprunta le tunnel menant aux quais. Une puanteur opaque et brûlante y stagnait. Les murs et le sol étaient souillés de miasmes et d'urine. Il y avait tant de monde qu'on suffoquait. Les asthmatiques qui avaient eu le courage de tenter le coup mouraient les uns après les autres. Puis c'était au tour des vieillards et des enfants. Après, il ne restait plus que les autres, les suicidés, pas vraiment en bonne santé mais avec assez de force pour se relever quand même et partir quelque part, pour essayer autre chose, pour pas crever.

Les quais en étaient bondés de ces suicidés. Ça allait et venait sans s'arrêter. Tous s'entrechoquaient pour ressusciter. Ou c'était le contraire, on pouvait pas savoir... Payer un ticket pour ce calvaire ! Et une fois qu'on l'a, le brûler avec soi en récitant quelques versets publicitaires. Ensuite, faut pas réfléchir. Faut courir, c'est tout, avec ce qu'il nous reste de carcasse et sauter dans le cercueil d'acier. Et ça repart !

Un métro arrivait. Bon signe : il avait de la chance. Il colla son précieux chef-d'œuvre contre lui et inspira profondément avant de plonger dans la foule qui s'engouffrait sauvagement dans la rame.

Plaqué contre la vitre, il pouvait sentir l'air du dehors qui perlait à grosses gouttes par les interstices des portes mal closes. C'était un jus plein d'effluves d'égouts et de cadavres vivants et morts. Derrière lui, dans le reflet sur la vitre, il parvint à discerner la vague figure opaline d'un employé de bureau. Odorant le parfum bon marché et fagoté d'habits mal repassés, ce dernier s'efforçait de ne pas sombrer en tenant fermement une barre de fer dépoli qui se trouvait là. Hémorroïdaire, il sursautait à chaque à-coup. Plissant les yeux et souriant d'une manière crispée, il devait rêver d'un autre corps et d'une autre vie.

Plus près de lui, et qu'il pouvait apercevoir du coin de l'œil, c'était une fanfreluche. Elle sentait fort le parfum tapageur et l'hormone dégoulinante de mâle. Son parfum restait dans les narines, éternellement insatisfait, et semblait vouloir durer toujours d'un désir ardent. La fanfreluche, elle était vêtue d'un haut et d'un bas de cuir velouteux aux reflets mauve léonin qui dansaient félinement. Pour sûr, elle était bien façonnée. Malgré la fatigue et l'enduit vulgaire de son maquillage, son visage trahissait sa beauté virginale et antique. Mais sur ses traits transparaissait déjà la désillusion inhérente à toute beauté... Elle eût été belle autrement... Une autre mort maintenant qu'il fallait attendre.

Le corps pourtant entièrement brisé, la fanfreluche gardait un regard immaculé qui attisa sa curiosité... C'était l'être contre le non-être, la flamme qui anime l'éternel face au néant. Il tourna autant qu'il put la tête et parvint à l'avoir dans la diagonale de sa vue. Elle était tellement absorbée qu'elle ne remarquait rien autour d'elle. Un beau rêve... Les bras tendus dans la masse inerte des autres passagers, elle écrivait sur un petit carnet tout crasseux mais dont les pages demeuraient étrangement pures. Venu au plus près, il put y lire un gentil poème amoureux et maladroit. C'était rempli de mer calme et d'amours pas encore jaunes. Les mots gazouillaient de jolies couleurs et des fragrances fruitées :

Mon Amour, mon petit cœur est à toi, lala,
Rose bonbon, rouge sépia, lali,
Sur la mer, je serai ta fée, lalère…

Ta Sylvie.

Ça le laissa songeur… Pas donné à tout le monde comme amour…

Au bout d'une dizaine d'arrêts, il fut vomi sur le quai avec les autres naufragés. Quelques-uns se relevèrent. Il essora sa doudoune et repartit illico. Ses feuilles s'étiolaient et perdaient quelques pétales. Les mots s'effaçaient peu à peu. Chaque instant était décisif. Il bouda l'ascenseur trop souvent en panne et ascensionna l'escalier-accordéon. Mais ce charron mal monté refusait de se rembobiner malgré les récriminations des badauds pressés. À sens unique, semblait-il ! Il n'accepta finalement de monter à l'octave de l'étage supérieur qu'au bout de cinq interminables minutes. Et la valse reprit.

Dans le hall frigorifié donnant sur le boulevard, un groupe de mendiants jazzmen jouait un air fort entraînant. Les passants en ressuscitaient, quelques secondes durant, et ne pouvaient s'empêcher de danser et de chanter en chœur. Mais ensuite, ils n'avaient plus assez de force pour donner un peu de monnaie, ces butors.

À un moment donné, à cause d'une fausse note dangereuse, le contrebassiste fut assassiné par un *ré* dièse trop aigu. Et déjà, en lieu et place de sa charogne, fleurissait une sublime immortelle. On alerta les fleussoyeurs qui l'arrachèrent pour la mettre en pot. Elle serait exposée sur un rond-point pour estomaquer les corbeaux.

Sorti de ce bourbier, il remonta le boulevard et zigzaguignola dans cette fourmilière en furie en évitant de se faire piétiner. Des cyclistes fonçaient et hallebardaient férocement les piétons les moins vifs ou immobiliphonés. Il s'en fallut de peu à plusieurs reprises. Parmi la foule cadavérique, un petit groupe de mendiants nomades déménageaient leurs cartons. Ils avançaient à cloche-pied – sur celui qui restait – d'un pas nonchalant sous les regards méprisants ou indifférents des concitoyens.

Après dix bonnes minutes de ce périple, il parvint enfin à la tour de la maison d'édition. Suprême ambition, elle dépassait le ciel. Ça avait dû coûter cher en hauts textes.

À l'intérieur, de nouveau une foule sans fin : il y avait quelques dizaines de centaines de milliers de millions de milliards de sempiternels rêves déçus…

Mais habitué à force, y reconnaissant même quelques-uns des siens, ça ne l'effrayait plus.

Ce matin-là, par chance, personne : juste une dizaine d'anonymes. Ils se tenaient là, bien droits et disciplinés, tandis que l'ombre de leur corps moribond se projetait faiblement sur le sol à la moquette molletonnée. Frémissant d'espoir, tous serraient leur manuscrit contre eux au point de se l'incruster, comme s'il se fût agi d'une âme de rechange.

Mais l'affaire ne traînait pas. Assise à califourchon derrière le comptoir, elle faisait ça très bien la secrétaire. Rompue à l'exercice, elle débitait ses interrogations studieusement apprises et notait méticuleusement chaque réponse sur son ordinateur éteint. Puis, éclatante, elle finalisait grandiosement l'entretien en lançant le manuscrit mort-né dans l'un des incinérateurs alimentant la chaudière du monument. Le lancer était si parfait que chaque anonyme laissait échapper un petit sifflement ou une louange d'admiration, oubliant que c'était son espoir qui s'envolait en fumée. Et l'entretien déjà terminé, l'anonyme s'en retournait espérer en toute inquiétude.

Inquiet lui aussi, il observait son propre manuscrit… Son chef-d'œuvre lui échappait… Ça se déréglait, se chosifiait, ça n'avait même plus de genre ni de registre. À vrai dire, c'était même plus lisible, presque plus rien du tout. Les mots, ce qu'il en restait, s'écoulaient en gouttes noirâtres. Il tentait par tous les moyens de les garder au moins sur la feuille. Mais visqueux, ils lui collaient sur les doigts avant de sécher, de s'effriter et de disparaître... Il n'en resta bientôt plus qu'un insignifiant morceau... « Ça suffira, psalmodiait-il cependant, ça suffira... »

Son tour arriva enfin. Il tendit au plus vite son manuscrit sur lequel il ne restait qu'un fragment d'histoire sans queue ni tête, perdu entre deux blancs effilochés qui se rejoignaient par endroits... La secrétaire, de fort mauvaise humeur à cause de la mine blafarde qu'il affichait, le dévisagea avec mépris avant de lui indiquer de poser son manuscrit sur le comptoir, se retenant de peu de lui cracher au visage.

Bien qu'il vînt chaque jour, elle ne le reconnaissait pas. « Hermésine » qu'il put lire sur son badge ce jourd'hui, contrairement à hier. Ses nouvelles lunettes dodécaédriques en fausse peau de manuscrit d'écrivain célèbre jaunasses lui allaient à merveille, faisant ressortir ses yeux bleu mandarine.

Après quelques secondes passées à le dévisager, une lueur apparut dans son regard à Hermésine. Elle se tourna subrepticement en direction d'un bureau adjacent qu'il ne pouvait pas voir, et d'un discret mouvement de tête, imperceptible à celui qui n'a pas l'habitude des manigances de bureau, elle fit signe aux flics que c'était bien lui et que l'interrogatoire commençait. Le flic-alpha acquiesça et signifia aux autres de se tenir prêts à tirer même s'il fallait exterminer cette fanfreluche de bureau complice.

Elle était tout heureuse Hermésine. Elle avait toujours rêvé d'écrire pour le théâtre un interrogatoire comme celui-là. Elle sortit pour l'occasion une belle machine à écrire et commença. Ne connaissant pas le nom qu'on lui affecterait le lendemain, elle mit « S » pour « Secrétaire » et gagna du temps en notant « C » comme « Coupable » pour l'autre zigoto.

ACTE PREMIER ET DERNIER

écrivit-elle sobrement pour commencer, montrant d'emblée l'efficacité de son style moderne. Puis elle s'en donna à cœur joie :

Accueil maison d'édition X. Comptoir. Fausse plante en pot. S et C face à face.

Jour ; matin ; C : regard vide et naïf.

Messieurs honorables justiciers : bureau adjacent. Prêts à intervenir.

Elle enclencha avec difficulté la sécurité de la machine à écrire et le mitrailla des mêmes questions qu'*ad vitam æternam* :

« Est-il bien là, devant moi ? claviota-t-elle pour s'échauffer.

– Oui, répondit-il.

– Le jure-t-il solennellement ?

– Oui, solennellement. »

Elle haussa légèrement la tête. S'en enquérant avec satisfaction, le flic-alpha prépara les filets paralysants et les exterverminateurs.

Elle feignit la vraisemblance.

« A-t-il déjà déposé des manuscrits chez nous ?

– Oui.

– Combien ?

– Je ne sais plus...

– L'a-t-il fait pour d'autres maisons d'édition ?

– Oui... »

Elle tiqua.

« Lesquelles ?

– Y et Z... »

Elle s'arrêta et préchauffa des faire-part d'insultes. Puis elle reprit :

« Nom du manuscrit déposé aujourd'hui ?

– ... »

Impuissant, il scrutait le manuscrit dont le titre s'était effacé...

Elle tapa « ... » et poursuivit :
« Adresse ?
– 666, rue des Trépassés.
– Seul ?
– Oui...
– Appartement ?
– Oui...
– Combien de portes, de fenêtres ?
– Une porte et une fenêtre, mais en quoi est-ce important ?
– Ça l'est », rétorqua-t-elle froidement tandis que les flics trépignaient.
Et elle reprit :
« Sont-elles facilement accessibles ?
– La fenêtre est condamnée et la porte est difficile à ouvrir.
– Portail dans la cour ?
– Oui.
– Antécédents criminels ?
– Non.
– Famille présente au domicile ?
– Non.
– Des amis ?
– Quelques-uns.
– Sont-ils souvent au domicile ?
– Pas vraiment... »
Elle le fixa d'un regard menaçant.

« Non, se reprit-il.

– Travail ?

– Oui, sur les quais.

– Est-il chez lui de bon matin ?

– Oui, à écrire... »

Elle s'arrêta un instant et contempla sa production, émerveillée. Puis elle acheva par une dernière question :

« Son nom ?

– Son nom ?...

– Oui », répondit-elle en se retenant de lui sauter à la gorge.

Il demeura silencieux, comme paralysé.

« Son nom ?... » répéta-t-il plusieurs fois sans que la secrétaire, excédée, le notât.

Son nom... il était juste-là, lui semblait-il, juste à côté. Et pourtant, sans qu'il sût pourquoi, il lui demeurait inaccessible...

C'était une preuve irréfutable : la secrétaire arrêta de taper et fit un dernier signe de tête aux flics.

« Tout est réglé, lâcha-t-elle avec un sourire mielleux suintant de faux-semblants. Nous lirons le manuscrit dans les plus brefs délais.

– Combien de temps, vous pensez ?

– Oh ! Qui sait ? Nous verrons bien ! fit-elle enjouée.

– Merci... »

Il ressentait un vague sentiment de bonheur à l'idée de voir son chef-d'œuvre sur le point d'être reconnu à sa juste valeur. Mais ne pouvant éteindre ce doute qui lui tiraillait les pensées, il considéra une dernière fois son manuscrit… plein de vide. Il le frotta de la paume de sa main et souffla doucement dessus… On ne sait jamais. Mais rien… Les feuilles restèrent désespérément blanches… Il se retint de pleurer en se disant que c'était passager, et, avec beaucoup de courage, il dit à la secrétaire :

« Il faudrait vite le lire… s'il vous plaît… »

Refoulant des envies de meurtre, elle acquiesça, tremblotante de rage. Et il s'en retourna jusqu'au seuil de l'entrée.

Pendant ce temps, elle exécuta un magnifique lancer avec son vilain tas de feuilles blanches, réussissant du premier coup à le jeter dans les oubliettes de l'incinérateur du fond, celui où était gravé en belles lettrines : « Sans Talent. »

Elle voulut ensuite clore la pièce mais la machine s'enraya. « Saloperie !! » hurla-t-elle furibonde de voir des secondes inutiles gâcher son moment de grâce.

Devant lui, les herses funèbres s'ouvrirent et le froid du dehors le transperça. Il apercevait déjà le boulevard que la foule étouffait de sa frénésie…

C'était étrange, il se sentait las, et plein d'espoir et de désespoir à la fois... Faudra peut-être le réécrire... pensa-t-il. Mais soudain un coup de matraque s'abattit sur sa nuque. Un bruit sourd résonna. Au même moment, le mécanisme de la machine à écrire se débloqua et la secrétaire acheva son manuscrit qu'elle déposa sur le trône de ceux à publier. Il ne lui restait plus qu'à attendre impatiemment que son nom y soit inscrit en lettres d'or invisibles à côté de celui plus commercial d'un grand écrivain.

Ses yeux se fermèrent, mais de loin il put y distinguer le dernier mot, encore tout frais :

RIDEAU

Et il s'endormit.

⋆

Il se réveilla enchaîné à une chaise, seul au fond d'une salle plongée dans l'obscurité. Posée sur une table au milieu de la pièce, une lanterne exhalait la brume d'une auréole diffuse. Il revint lentement à lui et fut déçu de retrouver son corps et son âme, et cette lourdeur qui ne le quittait jamais.

Un homme entra. À son allure farouche, il devina que c'était l'un de ces anges-gardiens-de-la-Paix.

Un déchu encore, qui vint s'asseoir en face de lui et demeura silencieux. Une fois décidé, le flic déchu avança son visage grave dans le halo lumineux, ce qui eut pour effet de durcir davantage encore ses traits. Jugé froidement par ce Lucifer, il se sentait oppressé par une attente qu'il ne savait comment combler… Il savait bien pourtant que quelque chose n'allait pas, qu'il était plus criminel que les autres. Mais pourquoi était-il là ? Le flic s'agita puis se leva soudainement. Ne cessant plus d'aller et venir, il le fixait haineusement, d'une haine millénaire. Il devait payer pour ce qu'il avait fait. Et tout indiquait que son crime n'avait pas d'équivalent. Il voulait avouer, tout avouer. Mais il n'y parvenait pas. Comme avec son nom… Il sentait que cela devait avoir un rapport étroit, mais encore une fois, du plus profond de lui-même, il était incapable de prononcer le moindre mot.

De plus en plus frénétique, le flic déchu continuait d'aller et venir tel un damné. Et sans doute à bout, il prit la parole et lui reposa les mêmes questions que la secrétaire. Alors il s'efforça de répéter les mêmes réponses, avec le même accent de vérité dans la voix. Chaque fois, le flic acquiesçait de la tête. Mais quand, épuisé, il finit par se tromper d'intonation, rendu furieux, le flic le roua de coups comme il se doit. On ne plaisante pas avec la Vérité et la Justice.

Puis le flic lui demanda :

« Pourquoi est-il là ? »

Surpris, il lui sembla que le flic volait sa propre réplique. Aussi, pour montrer qu'il ne lui en tenait pas rigueur, il répéta la même question au mot près. Le flic le prit mal et lui asséna un uppercut balboesque au menton. Le coup fut si violent qu'il se renversa avec sa chaise.

Le flic le releva et, tremblant, semblant prêt à exploser, répéta :

« Pourquoi est-il là ? »

C'en était trop. Il allait tout avouer. Mais le flic reprit : « Je vais lui dire, moi, pourquoi ! » Et il avança une photographie sur la table.

C'était bel et bien la photographie d'une tombe...

« Alors ?... dit le flic.

– C'est... une tombe...

– Et ?...

– Et... hésita-t-il en la découvrant avec effroi.

– Qu'est-ce qui y est inscrit ?

– ...

– Je lui pose une question ! Qu'il lise l'inscription sur la tombe nom de Dieu !! »

D'une voix étouffée par l'incompréhension, il murmura :

« C’est…

– Oui ! le coupa le flic, c’est son maudit nom qui est inscrit sur cette tombe ! C’est bien son putain de satané nom !!

– Mais… c’est impossible… c’est une erreur…

– Une erreur ? Une erreur !? C’est tout sauf une erreur !!! »

Hors de lui, le flic renversa la table. La lanterne se brisa sur le sol mais l’auréole de lumière demeura, en suspens dans le vide.

Incapable de détacher son regard de la photographie, il fixait son nom inscrit sur la tombe…

« C’est son nom, l’enfant de Satan ! hurla le flic.

– C’est vrai ! » répéta-t-il en larmes.

Après avoir marqué un temps, le flic reprit avec une haine froide et aiguisée :

« Il a volé ce nom. Il a volé le nom d’un mort. C’est un crime odieux pour lequel il va payer. »

Ses pleurs s’intensifièrent. Un gouffre se creusait en lui.

« Ça suffit ! Il va payer pour ce crime. »

Le flic sortit une Constitution Sainte, l’ouvrit et proclama :

« Au nom de tous, je vais le débaptiser de sa citoyenneté, de sa liberté, de son identité, de son existence. Il ne sera plus rien désormais. Et il rendra mille fois le nom qu’il a volé. »

Et alors qu'il commençait à lui lire un article de loi, la porte s'ouvrit. Une flic femelle parut et lui fit signe de la rejoindre. Le flic déchu grommela et s'exécuta.

Resté seul face à la photographie dont il ne pouvait détourner le regard, il entendit bientôt des coups et des cris de plus en plus enragés.

Après quelques minutes, le flic déchu revint vers lui. Contre toute attente, il lui retira ses chaînes et lui dit qu'il pouvait partir. D'abord il ne comprit pas et resta assis. Haussant de nouveau le ton, le flic fut obligé de répéter qu'il devait foutre le camp.

Alors, il se leva, hébété.

Juste avant qu'il ne franchisse le seuil, le flic lui lança : « Je sais tout. Ça se passera pas comme ça. Il paiera. Il croupira avec les autres de son espèce. »

Il ne sut quoi répondre et s'empressa de sortir. On le jeta dans la rue sans explication.

Il resta là, dépossédé de lui-même un peu plus.

Était-ce bien réel ?...

Il contempla le ciel... Il était midi passé, il serait en retard au boulot. On lui retiendrait une journée entière sur sa paie. Encore une fois, faudrait jeûner quelques jours.

Au-dedans, ses pensées s'entrechoquaient en tous sens. Il était pourtant content d'avoir confié son chef-d'œuvre et d'être sorti de ce trou encore plus petit et plus noir que les autres. Mais les paroles du flic lui revenaient… Il avait commis un crime irréparable, c'était certain.

S'efforçant d'oublier ce cauchemar, il remonta le boulevard en murmurant son nom, ce nom qu'il avait découvert sur la tombe. Ça le rassurait d'entendre son nom résonner à travers les atomes de l'air. Il avait la sensation d'exister. Ça formait un grand tout en lui, qui se concentrait au milieu de lui-même et qui vibrait. Alors, continuant d'un pas lent, il sortit son carnet qui ne le quittait jamais et se hâta d'y écrire au moins quelques mots. Il lui semblait enfin discerner quelque chose, là-bas, tout au fond… une lueur… La vie ?… « Avec ça, les mots resteront sur le papier, avec la musique d'un rythme tout comme il faut… » Ce serait le bon ce chef-d'œuvre, que son cœur lui disait.

Il arriva sur les quais en début d'après-midi. Plus loin, c'était la Seine, avec ses détritus et sa gadoue humaine. À cette heure, le gros du travail était terminé. Il entra dans le baraquement et se dirigea vers le patron. Affairé aux comptes, celui-ci semblait d'une humeur encore plus affreuse qu'à l'habitude. Quand il le vit arriver, il détourna les yeux de dégoût et revint aux chiffres qui se refusaient à coopérer. Un bon quart d'heure qu'il le fit souffrir dans la durée. Il lui en voulait. C'était un quart d'heure en moins à le payer et un quart d'heure en plus dans les comptes. Pas assez encore.

« Il est en retard ! qu'il grommela enfin.

– Vraiment désolé patron…

– J'm'en fous qu'il soit désolé ! Le boulot, on l'a donné à un autre ! Il a plus qu'à déguerpir pour de bon !

– Mais…

– C'est qu'il est toujours là !

– On travaillera gratuitement aujourd'hui patron », assura-t-il le connaissant bien.

Le sourcil du patron s'adoucit. Fallait pousser encore un peu.

« Et demain… » soupira-t-il.

Le patron le considéra.

« Et demain ? Et comment qu'il fera pour manger !? N'a plus qu'la peau sur les os ! Ankou qu'il est déjà ! Bon… Demain, même salaire, mais à moitié ! qu'il conclut le patron avec beaucoup de bonté.

– Merci patron…

– Encore là ! Qu'il se dépêche d'rejoindre les autres ! Y a un arrivage qu'a mal voyagé aussi et qui vient d'arriver, le diable ! Qu'on me dise pas qu'il a rêvassé ! »

Il sauta dans sa tenue de travail et vola jusqu'aux quais.

Les autres amphibies le toisèrent. Un mateluche pareil qui se refuse au travail, ça mérite aucun respect. Ils lui désignèrent les palettes à débarquer, les plus ignobles bien sûr, en lui faisant comprendre qu'il était seul et qu'il resterait tant qu'il n'aurait pas fini.

Il se mit au boulot.

Pour sûr que le nouvel arrivage avait mal voyagé. Ça ne ressemblait plus à rien. La poiscaille avait l'odeur entêtante de la mort longuement marinée. À chaque instant, ses entrailles le secouaient à en vomir. Mais au moins il oubliait la faim. C'était si pénible à lui seul au lieu de trois ou quatre personnes en temps normal que déjà ses muscles lui faisaient souffrir le martyre. Et là-dessus, les paroles du flic lui revenaient – Il n'avait que ce qu'il méritait… Il tentait de les engloutir loin dans la mer de ses pensées mais elles refluaient comme la marée haute, implacablement… Son sentiment d'exister n'était plus qu'un souvenir lointain… Il n'était pas différent de cette poiscaille, et même plus bas car il devait se la coltiner.

Il se rêvait naufragé… La mer fait pas de différence entre un cadavre ou un autre. Et pensivement, il regardait au loin en rêvant d'ailleurs… Un marin rejeté par la mer qu'il était…

Quand il eut fini, le jour déclinait. Les autres étaient partis depuis longtemps, à la recherche d'un endroit où crever de fatigue une bonne fois pour toutes.

Empuanti et mortifié, il devait affronter le retour, bien plus long et terrible que l'aller.

Il remonta l'éternel boulevard et fit un détour par le quartier des universités dont les hauteurs tutoyaient le ciel, majestueuses... Leurs façades de pierres grises luisaient de crépuscule et de pénombre. C'était d'une beauté irréelle... Les grilles étaient fermées. Il n'y avait plus une âme à cette heure-ci. La tristesse solennelle des lieux enveloppa la sienne et l'apaisa. Le soir tombait. Plus loin, il entendait le tumulte de la ville. Il fallait changer le décor et les personnages avant la nuit. Un travail titanesque.

Il aperçut la fanfreluche qui, son amour déçu, rentrait du Bois en sanglotant. Elle déchira son poème et le jeta dans le vent que soufflaient des conduits d'aération. Puis elle disparut dans les ténèbres d'une ruelle.

Silence.

Abattu, il prit par le parc.

Le long des allées, de temps à autre, une ombre passait et s'évanouissait, comme dans les limbes. Il se sentait brisé. Le temps semblait durer toujours et ne rester jamais. Il avait envie de marcher et d'errer encore, indéfiniment... Noyé de spleen, il pensait à sa mère. On lui avait confisqué sa lettre. Il voulait lui écrire que tout n'était pas parfait certes, mais que ça allait quand même. Que d'ici à un an ou deux, il serait diplômé, qu'il rentrerait fièrement au pays pour la revoir et lui montrer cet axiome de papier dont tant font l'éloge.

Voilà qu'il se mettait à croire à ses propres mensonges...

Après quelque temps à marcher – où pouvait-il bien être ? –, il atteignit un gigantesque champ de fleurs. Des tombes et des tombes, à perte de vue... Le paysage était sans saison. Une légère brise, humide et froide, faisait frémir les derniers feuillages. Au loin, le crépuscule s'éteignait, et de petites flammes se consumaient çà et là, fugaces et fragiles, comme pour guider les êtres et toutes les choses vers la nuit... Il se sentait bien dans cet endroit. C'était la mort toujours, mais plus tranquille que celle encore agonisante. L'odeur était différente aussi, moins terrifiante, plus douce. Il pourrait peut-être se coucher là, entre deux pierres fleuries, et s'endormir pour la nuit... Mais son corps continuait de marcher malgré lui. Pourquoi ? Et pour aller où ? Bientôt, un bruit léger se répéta... On eût dit l'eau polissant la roche... Il aperçut une silhouette dans la nuit naissante. C'était un homme qui, accroupi, limait une pierre tombale.

Enlisé dans sa propre absence, il considéra la tombe. Sur le point d'être effacé, c'était son propre nom qui y était inscrit. S'avisant de sa présence, l'homme, un employé de mairie, se retourna et l'interrogea du regard.

Une fois encore, il fut incapable de dire quoi que ce soit.

« Faut que j'enlève ce vide ! grommela l'employé comme pour se justifier.

– Pour quelle raison ?

– Une sacrée erreur ! Voilà pourquoi ! Ces satanés incompétents se sont trompés ! Foutrement illettrés les bougres ! C'est quand même pas compliqué de faire une tombe anonyme !

– Anonyme ?...

– Ouais !

– Pour les soldats anonymes, vous voulez dire ?

– Non ! Pas ceux-là ! C'est pour les autres !

– Comment ça ? Les autres ?

– Qu'est-ce que j'en sais ? Ceux dont personne se rappelle, ni de leur existence, ni de leur mort ! Voilà pour qui ! C'est de la foutue sensiblerie de politiciens ce truc-là ! C'est sans nom ! C'est bien le cas de le dire ! Ha ! »

L'employé se remit au travail en maugréant, essayant en vain d'effacer le vide gravé sur la tombe…

Il se faisait tard. Le temps se rappela à lui. Il lança à cet inconnu un salut sans retour et s'en fut dans la nuit qui était tombée.

La ville le reprit, l'assourdissant au point de l'annihiler.

Il se laissa dériver…

S'y enfonça…

Comme toujours, son immeuble l'attendait, souriant et funeste. Muni de quelques feuilles qui pourrissaient déjà au contact de ses mains et de l'air souillé, puisant dans ses dernières forces, il franchit le portail et traversa la cour enténébrée.

Au neuvième étage, les aboiements reprirent, de rage d'abord, de souffrance ensuite, le transperçant de part en part d'une douleur aiguë.

Le Michot, ayant soif à en crever, la tête chaotique, commençait sa ronde et cherchait son chien dans l'obscurité… La pauvre bête, déchirée entre la peur et le dévouement, était recroquevillée contre la porte d'entrée, désirant à la fois fuir et protéger son maître.

Et tous deux, âmes jumelles, corps voués à se faire souffrir l'un l'autre, mêlèrent leurs contraires.

Des coups et des hurlements.

La berceuse du soir.

Tout ça ne se finirait qu'une fois que l'un des deux s'en irait pour de bon, incapable un jour de plus de vivre ainsi. Et si cela arrivait, l'autre le rejoindrait, immédiatement, achevé d'avoir tout perdu. Un amour invincible.

Sa porte s'ouvrit en un grincement plaintif. Il se réfugia dans sa souricière et se traîna jusqu'au bureau. « Écrire… » qu'il martelait tout bas en mouraillant.

Qu'est-ce que c'est que ce vide qui lui arrache les racines de l'être ?… Pour enfin le faire sortir, pour s'oublier, faut écrire, et écrire toujours, sans s'arrêter, jamais. Écrire à la main pour commencer, pour mieux sentir les mots et mieux les entendre s'inscrire sur le papier. Écrire. Il restait une nuit blanche à tenir avant de réussir bel et bien. Le temps pressait. Sur le vieux réveil, accélérées par l'angoisse, les secondes défilaient nerveusement. Se hâter. Dans sa tête, c'était un chaos de tout et de rien… Les paroles du flic déchu y résonnaient… Son nom… Il devait bien s'y trouver quelque part, avec son chef-d'œuvre peut-être, liés l'un à l'autre, comme une seule chose… En se concentrant, il lui semblait y discerner la mer, belle cette fois, dans ce chaos du monde… Mais… Et s'il n'y avait rien ?… Qu'importe. Si on lui demandait son nom désormais, il se dit qu'il répondrait en écrivant quelques mots, pour exister ne serait-ce qu'un peu, entre ailleurs et nulle part, même au bord du néant.

Et tout au loin là-bas, mais de plus en plus proche, la lueur claire-obscure réapparut... Il pourrait peut-être la toucher, s'en saisir... la nommer...

Alors, plein d'espoir, il se remit à écrire sur les feuilles obstinément vides, de tout son corps et de toute son âme, avec dans sa tête oxymorique le rêve d'être écrivain

Alessandro Dobraje, 25 ans, Toulouse, France.

Alessandro Dobraje est étudiant en deuxième année de licence de lettres modernes. Il travaille en ce moment à l'écriture d'un roman et se passionne pour le dessin et la musique. Ses auteurs préférés sont Céline, Vian, Corbière, Kawabata et Kafka.

Alessandro a été parrainé
par Alain ABSIRE

Manon

Margot Heymans

Le cœur battant, un goût de sang dans la bouche, je cours dans les rues désertées par les gens qui ont visiblement pris l'habitude du couvre-feu. Je traîne derrière moi ma mauvaise jambe, celle qui m'a permis de rester auprès de ma femme et de notre fille, qui a déjà trois ans. Mes pas irréguliers résonnent sur les quais de la gare.

Elle est couchée sur l'un des bancs froids, son raide manteau de misère jeté sur les épaules. Elle tient dans les bras notre petite Françoise. Elle est aussi digne que durant les soirées au théâtre.

Je m'assieds à côté d'elle et pose une main sur son épaule. « Manon ? » Elle tourne vers moi un regard rougi par les pleurs. Je murmure :

« Viens, on retourne à la maison. Ils t'attendent.

– Je ne peux pas, Louis, je ne peux pas ! »

Ses yeux se brouillent. Elle s'écroule, secouée par les sanglots. Je caresse son visage, essuie les larmes qui roulent sur ses joues, chasse les cheveux noirs échappés de son chignon. Je l'embrasse. Elle a un mouvement de recul :

« Tu ne m'en veux pas ?

– Non, ma chérie.

– Tu ne m'en veux pas pour les Allemands ? Pas même pour Richard ?

– Non, je ne t'en veux pour rien. Je t'aime. »

Elle a un sourire triste. Elle pose la tête sur mon épaule, la petite endormie toujours serrée contre son cœur. Je reste pensif, perdu dans la contemplation de la station vide. Comme tout avait changé, si vite. Il y a encore cinq ans, cette guerre semblait tellement lointaine... On en écoutait les échos à la radio, comme un quelconque feuilleton. Depuis, ma vie avait basculé, la femme que j'avais épousée s'était métamorphosée. Où était passée ma petite Manon d'avant, vive et joyeuse ? Elle avait eu des moments de bonheur, bien sûr, durant ces quatre ans, mais ses grands yeux bleus avaient perdu leur étincelle. Je repense à la guerre, telle qu'elle l'a vécue. Elle avait été si seule, au fond.

Pour elle et pour moi, comme pour les autres comédiens de la troupe, tout commença le jour où Georges, notre mentor, nous annonça que nous serions bientôt sous occupation allemande. Les soldats avançaient vers Paris. D'ici peu de temps, ils auraient pris la capitale. Rien ne semblait résister aux armées d'Hitler.

« Mais nous, ajouta Georges, nous continuerons tout de même à travailler *Le Cid.* »

Des exclamations s'élevèrent parmi les acteurs. Les combats pourraient avoir lieu devant la porte, notre théâtre, aussi petit soit-il, continuerait d'exister. On ne se laisserait pas abattre !

D'un geste de la main, Georges mit fin aux hourras. Il se tourna vers sa sœur jumelle, debout derrière lui, et lui sourit. Manon était toujours restée dans l'ombre de ce frère entreprenant.

Lorsqu'ils étaient devenus orphelins, leur duo inséparable avait été leur force. Georges s'était toujours chargé de prendre les décisions et de protéger Manon. Elle et lui partageaient tout, et il était donc normal qu'il vive avec elle sa passion de l'art dramatique. Ils avaient monté leur troupe de théâtre. Ils seraient, pour les mois à venir, Chimène et Rodrigue. Il m'était souvent arrivé, au début de ma relation avec Manon, d'être jaloux de leur complicité dont moi, vieux Don Diègue, j'étais exclu. Je ne savais des moments qu'ils passaient ensemble que le peu que ma femme me racontait.

Après la lecture de l'acte III, Georges nous renvoya et se consacra, avec sa sœur, à leurs répliques :

« Rodrigue, qui l'eût cru ? »

La serrant contre lui, il s'exclama :

« Chimène, qui l'eût dit ?

– Que notre heur fût si proche et sitôt se perdît. »

Georges laissait parler son corps autant que ses mots et, rapidement, ce qui aurait dû n'être qu'une lecture statique se mua en une improvisation qui les faisait passer d'avant en arrière-scène, de cour à jardin, dans cette histoire d'amour brûlant. Lorsqu'ils eurent achevé leur répétition, Georges embrassa sa sœur et alla dans les coulisses rejoindre son épouse, Edina. Restée seule, Manon continua la lecture de la pièce, prenant plaisir à entendre sa voix résonner dans la salle déserte.

Après l'apprentissage du texte vinrent la mise en scène, les essayages et les maquillages. « Rodrigue, qui l'eût cru ? », les livres avaient disparu, ils étaient désormais face à face. Pour la dernière fois...

Après la répétition, Manon avait rejoint sa loge où elle avait défait sa tresse et commencé à peigner ses longs cheveux de jais, lorsque la porte s'était ouverte. Seul son frère se permettait d'entrer ainsi sans frapper. Manon ne se retourna pas, laissant Georges s'installer sur le canapé, derrière elle. Il avait l'air calme et sérieux :

« Manon, j'ai réfléchi. Nous sommes en France depuis longtemps ; mais nous restons Allemands.

Et en ces temps difficiles, notre pays a besoin d'hommes jeunes et forts. J'ai décidé d'aller me battre, *für Deutschland*.

– Mais, bégaya-t-elle, et Rodrigue ?

– Je suis sûr que tu feras un Cid magnifique.

– Mais je joue déjà Chimène !

– Edina reprendra ton rôle. »

Et il partit, nous ne devions jamais le revoir. Edina, maîtresse dans l'art du costume, adapta la tenue de Georges pour sa belle-sœur, raccourcissant cape et pantalon. Elles décidèrent d'y coudre un jabot de dentelle qui cacherait sa poitrine. Restait le problème de ses cheveux, qui lui tombaient jusqu'aux hanches. Elle avait beau les tresser, les coincer sous des chapeaux ou des bonnets, ils étaient trop longs. Alors, Manon s'enferma dans notre chambre, attacha un ruban dans sa chevelure et, d'un coup de ciseaux, fit tomber ses mèches. Lorsque je la rejoignis, dans la nuit, je la trouvai assise par terre, appuyée contre un mur, très pâle. Ses cheveux n'atteignaient plus ses épaules. Elle était belle. Le théâtre y gagna deux perruques.

Il m'arrivait souvent de rentrer très tard, comme cette fois où il était passé deux heures du matin lorsque je poussai la porte de notre chambre. Manon ne dormait pas encore, elle feuilletait un magazine.

En fait, elle ne dormait jamais. Parfois, elle faisait juste semblant. Elle m'attendait.

« J'étais avec Pierre et Jacques, avec qui j'ai combattu, en 14 », lui expliquai-je.

Je ne l'avais même pas faite en entier, cette guerre. En 1916, une balle allemande m'avait brisé le tibia et ma fracture, soignée sur le tard, n'avait jamais été convenablement réduite.

Manon soupira, déposa sa revue et se coucha. Je l'enlaçai, mais elle me repoussa.

« Laisse-moi, dit-elle doucement mais avec fermeté. Laisse-moi dormir. »

Je n'avais pas vu que je l'avais blessée... Il me fallut attendre la première du *Cid* pour me rendre compte qu'elle ne croyait pas à mes histoires de vieux combattants et qu'elle avait trouvé une autre explication à mes absences.

Comme tous les soirs depuis un an, notre public était essentiellement constitué de soldats allemands en repos. Ils félicitèrent Manon pour sa prestation. Mais moi, les trouvant lassants, je rejoignis notre appartement, de l'autre côté de la rue. Quelque temps plus tard, j'entendis les pas de Manon dans l'escalier. Elle était avec Richard, l'acteur qui interprétait le Comte. Je reconnaissais sa voix. Je les imaginais, en ombres chinoises derrière la porte. Elle riait. Soudain elle se tut. Je compris qu'il l'embrassait. Il y eut encore quelques chuchotements puis Manon entra et se déshabilla. Je la regardai en silence et, lorsqu'elle fut près de moi, lui soufflai à l'oreille :

« Cela faisait longtemps que Richard attendait ça. Tu sembles plus heureuse avec lui qu'avec moi. J'aime quand tu es heureuse... »

Deux larmes roulèrent sur ses joues. Nous dormîmes peu, la nuit qui suivit. Je ne m'étais jamais rendu compte que j'avais tant besoin d'elle. De son cœur, de son corps, de sa chaleur.

Par après, je ne revis plus Manon et Richard ensemble. Pauvre Richard ! C'était encore à moi que Manon faisait confiance. Ce fut encore à moi qu'elle demanda de l'accompagner lors d'un rendez-vous qu'avait sollicité un officier SS. Nous le reçûmes dans la plus belle pièce du théâtre, un petit bureau élégamment meublé. Une main sur l'épaule de ma femme, je tentai de calmer son angoisse. D'une voix tranchante, l'Allemand exigeait une comédie. Il en voulait au vieux Corneille plutôt qu'à nous. Il l'accusait de démoraliser ses troupes ; les soldats devaient avoir du cœur au combat et le théâtre devait leur offrir le rire qui les accompagnerait à la boucherie. Envolés, les rêves de Manon d'être un jour une grande héroïne cornélienne ! On lui avait pris Chimène, maintenant Médée et toutes les autres. Pourtant, elle ne laissa rien paraître. Très calme, elle posa les mains à plat sur la tablette en bois et, les yeux fixés sur ses doigts, elle déclara :

« Bien que je ne partage pas votre avis sur Corneille qui, selon moi, démontre l'importance de l'honneur, je comprends vos griefs. Soit, nous monterons *L'Avare*. Si vous le voulez, je pourrai joindre au programme un résumé de la pièce dans votre langue. L'allemand est une des seules choses que ma mère ait eu le temps de m'apprendre avant de mourir. »

L'officier répondit qu'il fallait soumettre le texte de la pièce à la censure, et qu'il nous tiendrait au courant. Il nous salua et sortit.

Et dire que la Manon sûre d'elle face à laquelle s'était trouvé le militaire est la même que celle qui sanglote à présent, la tête sur mes genoux... Dans ses bras, Françoise dort toujours. C'est à se demander si sa mère ne l'a pas droguée. Tout est possible avec Manon. Un regard franc et décidé en direction d'un tueur en uniforme gris, c'était possible. Elle l'avait fait. Ce même regard franc qu'elle nous lança en nous annonçant le titre de la nouvelle pièce, avant même la réponse de la censure.

Nous commençâmes. Manon faisait une magnifique Élise. Comme avant, elle tressait ses cheveux noirs et les relevait en chignon. Oui, tout était comme avant. Sauf que, désormais, nos costumes étaient faits à la va-vite par les acteurs eux-mêmes. Ayant appris le décès de Georges, Edina avait retrouvé sa maison natale, non loin de Genève. Manon gardait un portrait de lui dans son exemplaire du *Cid*. Quand elle le regardait, ses yeux s'humidifiaient. Moi, je tentais de refouler mes larmes. C'était la guerre et il fallait tenir.

Manon se consacra corps et âme à la préparation de *L'Avare*. Elle mettait en scène, apprenait ses textes et jouait Élise. Puis, lorsqu'elle en avait le temps, elle résumait la pièce de Molière dans la langue de ses parents, qu'elle ne parlait plus depuis son arrivée en France, trente ans auparavant. Il lui arrivait de lever la tête de ses feuilles pour me poser des questions comme : « Comment dit-on "dot" en allemand ? », je souriais et répondais que je n'en savais rien. Elle finissait toujours par trouver, dans ses souvenirs ou dans son dictionnaire.

Et puis, un jour, Manon nous annonça qu'elle ne jouerait pas Élise, qu'elle laissait le rôle à Julie, une jeune actrice de la troupe. Elle déclara seulement : « Il n'est pas prévu, dans la pièce, qu'Harpagon soit sur le point de devenir grand-père. » Mon cœur bondit dans ma poitrine. Oh, Manon, comme tu as le sens de la mise en scène ! Nous nous embrassâmes comme des fous, tu te souviens ? J'étais encore ton bonheur. Et si cette troisième grossesse de Manon, comme les deux précédentes, se finissait, après six mois, par une fausse couche, nous serions deux à faire face. En attendant, il fallait espérer, espérer que tout aille bien, que nous aurions un enfant. L'espoir, c'était ce qu'il nous restait de plus précieux.

Et les répétitions continuèrent. Assise au premier rang, Manon nous corrigeait, nous encourageait, s'énervait parfois.

Vint le soir de la première. Lorsque le rideau se leva, je croisai son regard, un regard plein de confiance et de courage. Et un sourire. Je savais à quoi elle pensait, chaque fois qu'elle me regardait me démener sur scène, vieillard tordu, bossu, avare. Elle pensait aux débuts de notre trio, les inséparables, les trois Mousquetaires : Georges, elle et moi. Eux étaient jeunes, ils étaient en France depuis la mort de leurs parents. Nous rêvions tous trois de théâtre. Certains de mes amis voyaient d'un mauvais œil mon affection pour cette actrice débutante, de quinze ans ma cadette et, qui plus est, allemande. Alors, Manon et moi nous aimions, sans rien dire à personne. Un jour, j'avais demandé à Georges la main de sa sœur. J'étais très sérieux, mais Georges avait semblé prendre ma proposition sur le ton de la plaisanterie :

« Manon n'épousera qu'un très grand acteur ! »

Poussé sans doute plus par l'orgueil que par l'amour, j'avais alors escaladé un petit tas de planches abandonné là par les ouvriers du port, où nous nous promenions tous les soirs. Les premiers mots qui m'étaient venus avaient été justement ceux d'Harpagon : « Au voleur ! Au voleur ! À l'assassin ! Au meurtrier ! Justice, juste ciel ! »

Et tout le reste avait suivi, naturellement. J'entendais le rire de Manon s'élever plus haut, toujours plus haut. Nous voulions voir Paris et, depuis le Pas-de-Calais, nous étions descendus vers la capitale, sans jamais l'atteindre. Nous étions heureux, ma femme, mon beau-frère et moi. Manon et Georges avaient créé leur théâtre, et j'étais devenu leur premier acteur.

Désormais, elle me regardait, une main sur son ventre rond.

Dans les journaux, les vraies nouvelles arrivaient enveloppées de mensonges. La France avait un maréchal et un général, des collaborateurs et des résistants, et puis tous ceux qui ne savaient pas, ou ne voulaient pas savoir. Pour moi le théâtre continuait de chanter la vérité. Il restait calme, oasis de paix en pleine guerre. Seules les coupures de courant et les alertes nous empêchaient parfois de travailler. Manon avait décidé que nous jouerions *L'Avare* jusqu'à ce que tout soit terminé. Elle n'avait pas précisé ce que signifiait ce « tout ». Jusqu'à ce que la guerre soit finie, jusqu'à ce qu'elle ait accouché, jusqu'à ce qu'elle puisse de nouveau jouer. Elle passa le cap des six mois de grossesse.

Des avions sillonnaient le ciel de la ville, donnant lieu à des alertes plus fréquentes. Lorsque la sirène retentissait, il nous fallait nous réfugier dans les caves. La plus spacieuse était celle où étaient entassés les décors.

Un jour, je dus aider Manon à descendre le petit escalier raide. Elle chancela et manqua tomber. Nous attendîmes la deuxième sirène. Le temps paraît toujours plus long lorsque l'on est enfermé et que l'on n'a plus aucun contact avec l'extérieur. Aucune bombe ne tombait.

« De nouveau un arrêt pour rien ! » pesta Richard.

Comme s'il avait donné un signal que tout le monde attendait, les langues se délièrent et les conversations allèrent bon train. Seule Manon restait muette. Je sentis sa main serrer la mienne, de plus en plus fort. Je la regardai. Elle gémissait, les yeux fermés, le souffle court. Son bras, reposant sur son ventre, tentait d'en endiguer les soubresauts.

Qu'avais-je fait de ma peur, à ce moment-là ? Le savais-je moi-même… Je pris Manon dans les bras, remontai et cavalai dans les rues désertes. Des avions tournoyaient au-dessus de ma tête, avec un bourdonnement sinistre. Sachant où je devais aller mais ayant perdu tout repère, je courais toujours plus vite.

Quittant le centre de la ville, j'arrivai devant l'école qui abritait les annexes de l'hôpital, envahi de soldats blessés. Une infirmière me dit qu'une salle d'accouchement était installée au premier étage. Le palier était encombré de matelas, occupés par des hommes plus ou moins mutilés. Je poussai la porte de la pièce qui m'avait été indiquée et déposai Manon sur un lit vide. Une sage-femme vint à son chevet. Manon me dit avec un sourire derrière lequel elle espérait dissimuler sa douleur :

« Tout va bien. Retourne au théâtre, ils ont besoin de toi. »

Je sortis et m'assis sur la première marche de l'escalier. Malgré le bruit permanent des plaintes et des pleurs, je n'entendais que les cris de mon épouse. Comme venir au monde est sale et bruyant ! Un couple passa, la femme pleurait et avançait péniblement. Son mari ne me remarqua pas, mais je vis, cousue au revers de sa veste, une étoile jaune. Le soir tomba et j'attendais toujours, quand, au bout d'un temps interminable, s'éleva dans la chambre un grand cri suivi de sanglots. Je me relevai, heureux comme je ne l'avais jamais été. Père, enfin ! Je voulus rejoindre Manon et notre enfant mais je me souvins de son regard, de ses mots. Elle voulait que je sois au théâtre, elle croyait que j'y étais. J'y retournai donc, dans la lumière dansante des réverbères.

Le lendemain, la ville fut bombardée. L'hôpital avait été touché et les pertes humaines étaient innombrables. Il se disait que deux cents des soldats hospitalisés avaient trouvé la mort et une dizaine de volontaires avec eux. Par chance, l'annexe n'avait pas subi de dommages. On craignait une deuxième attaque. Dans les rues, le chaos et l'angoisse étaient tels que je dus attendre une journée avant de revoir Manon. Une infirmière me rassura : elle avait perdu beaucoup de sang, mais elle n'aurait aucun mal à récupérer. Elle me conduisit jusqu'à elle. Très pâle, mais l'air serein, elle tenait dans les bras un être minuscule qu'elle me tendit.

« C'est le rôle du père de reconnaître son enfant. Surtout quand c'est une fille », me dit-elle en riant.

Je restai longtemps à ses côtés, ma fille serrée contre moi. Françoise.

Lorsque Manon sortit de la clinique, elle vint présenter notre bébé aux acteurs. Françoise eut droit à sa représentation privée de *L'Avare*. La troupe choisit un deuxième prénom : Élise. Ce fut la seule cérémonie car nous ne la baptisâmes pas, le curé était mort dans le bombardement qui avait détruit son église.

Et la vie reprit. Notre fille était pour nous une intarissable source de joie. Je compris alors que s'il y avait des vainqueurs dans cette guerre, ce seraient les enfants, qui auraient gardé leur naïveté, leur envie de vivre et leur humanité. J'étais fou de Françoise et passais de longs moments avec elle, à imiter ses babillements ou à la regarder dormir.

Comme l'avait prédit l'infirmière, Manon reprit rapidement des forces et retrouva son envie de jouer. Elle redevint Élise. « Ah ! Valère, chacun tient les mêmes discours. Tous les hommes sont semblables par les paroles et ce n'est que les actions qui les découvrent différents. »

Elle avait de nouveau changé. La maternité lui allait bien. Elle était à la fois plus adulte et plus enfantine. Certaines actrices de la troupe, très au fait des dernières modes de la capitale, lui montrèrent comment maintenir ses cheveux relevés et tirés vers l'avant à l'aide d'épingles à chignon ou comment, pour pallier l'absence de chapeau, enrouler un turban autour de la tête. Ces coiffures allongeaient encore sa silhouette. Plus jamais elle ne laisserait ses cheveux atteindre ses hanches, cette coupe faisait partie d'un temps désormais révolu.

Tout semblait aller pour le mieux, mais j'avais du mal à nourrir ma famille, les rations n'étant pas suffisantes, et je dus trouver nos repas au marché noir. Les mois défilaient, la victoire se rapprochait et pourtant aucune capitulation ne venait.

Nous jouions *L'Avare* tous les soirs. Les Français, incapables de chauffer leurs habitations, se réfugiaient dans les théâtres et les cinémas. Les parterres et les balcons étaient combles, mais les coupures d'électricité, devenues monnaie courante, obligeaient les salles de spectacle à fermer, les unes après les autres. La dernière à fermer fut le théâtre Montmartre, dont le machiniste avait eu l'idée de relier les appareils d'éclairage au pédalier de son vélo. Le nôtre avait fermé peu avant.

Lorsqu'il fallut arrêter les représentations, Manon et moi nous consacrâmes pleinement à Françoise. Nous fêtâmes ses deux ans simplement, en lui offrant de maigres présents. Manon lui avait cousu une poupée vêtue d'une robe bleue qui avait été, trois ans auparavant, le bas du manteau de Rodrigue. Je ne trouvai quant à moi qu'un gros pot de confiture d'oranges provenant du marché noir. Nous en couvrîmes des tartines de pain gris. Et ce goûter fut meilleur que n'importe quel gâteau.

Nous vécûmes les choses magnifiques que connaissent tous les parents. Le moment des premiers pas, puis le premier mot, un triomphal « théât' » crié depuis les bras de sa mère qui était allée vérifier qu'aucune intrusion n'était à déplorer dans son institution. Nous célébrâmes cet événement en l'emmenant voir le défilé des soldats alliés qui, après avoir débarqué en Normandie, nous avaient libérés.

La chute du IIIe Reich était imminente. Les Russes étaient aux portes de Berlin. Encerclés, les nazis se défendaient en lynchant leurs ennemis. On les retrouvait pendus avec, autour du cou, une pancarte : « Je suis communiste » ou « Je suis rouge ». Les soldats libérateurs avançaient vers le sud de la France, mais leur mission était aussi de reconquérir l'Allemagne. Ils y virent l'inconcevable : les camps de concentration. Les rumeurs qui avaient circulé durant le conflit étaient loin de la vérité. Les photos prises par les Alliés scandalisèrent et semèrent la pitié dans la population.

Dans tout le pays, les collaborateurs étaient frappés d'indignité nationale et déchus de leur nationalité. Les comédiens étaient mal vus, certains subissaient les huées de la populace. On leur reprochait d'avoir profité de la présence de l'occupant, de l'avoir diverti. Il est vrai que de nombreux acteurs juifs avaient été démis de leurs fonctions, souvent arrêtés sur dénonciation de leurs collègues.

Nous parlions de tout cela, avec la troupe, autour d'une tasse de thé, dans notre appartement. Richard se perdait dans des descriptions imaginaires des camps de la mort. Lassée, Manon se leva, pour aller voir si Françoise dormait. Ne la voyant pas revenir, je sortis du salon. Une porte claqua dans mon dos. Un peu inquiet, j'entrai dans la chambre de ma fille. Personne. Je quittai l'appartement, laissant mes amis seuls. Arrivé dans la rue, je réfléchis. Pourquoi s'était-elle éclipsée ? Pour aller où ? J'allai à la gare aussi vite que me le permettait ma patte folle. Elle était là, avec Françoise.

Oui, telle a été sa guerre. Maintenant qu'Hitler s'est suicidé, le temps est à la reconstruction. Et elle sera plus dure encore que les combats : ce que nous avons à réparer nous forcera à regarder en arrière et à nous voir tels que nous avons été durant ces cinq ans. Une fois de plus, Manon est la première d'entre nous à entamer ce travail…

Elle lève sur moi ses beaux yeux bleus et me demande :

« Et si je t'avais caché quelque chose, quelque chose de très important, tu m'en voudrais ? »

Puisque est venu le temps de la reconstruction, reconstruisons sur du vrai.

« Non, dis-je, parce que moi aussi, je ne t'ai pas tout dit. Si je rentrais si tard, ce n'est pas, comme tu l'as cru, parce que j'avais quelqu'un d'autre. J'avais du travail, je devais me battre pour la liberté. »

J'avais caché à Manon mes activités dans la Résistance. Pour la protéger ou parce que j'avais peur de sa réaction…

« Tu as pris des risques, Louis. Tu es fou. As-tu pensé à Françoise ? Que serait-il arrivé si…

– Mais j'ai été prudent ; et quand nous sommes devenus parents, j'ai pris de la distance. »

Manon reste un temps silencieuse, puis m'avoue, d'une voix étranglée, ce qu'elle m'avait caché. Elle me parle de la jeune juive que j'avais aperçue à l'hôpital et qui, elle aussi, avait donné naissance à une petite fille.

« Elle, contrairement à moi, a eu son bébé tout de suite. Moi, je n'y arrivais pas. J'essayais, Louis, j'essayais, mais c'était inutile. Cette jeune femme, elle a pleuré quand elle a tenu pour la première fois sa fille entre les bras. Son mari et elle comptaient fuir. »

Je devine facilement la suite. La traversée de la France occupée était périlleuse, à cause des faux passeurs, des soldats allemands et vichystes, de la milice. Un bébé ne survivrait certainement pas. Sans compter ce qu'il subirait, s'ils étaient pris. Les histoires les plus folles circulaient sur le sort des bébés juifs. On parlait d'enfants séparés de leur mère ou massacrés, mais là encore, on était bien en dessous de la réalité.

Notre petite fille avait vécu vingt-quatre heures. Au matin, Manon l'avait déposée, froide et raide, à côté de la jeune juive, qui lui avait donné sa fille. L'infirmière avait tout vu, mais elle s'était tue.

Un long moment de silence passe puis Manon ajoute :

« Je n'ai rien voulu te dire, parce que j'ai pensé que c'était plus sûr pour Françoise que je garde seule ce secret. »

Je caresse doucement la tête de Françoise. De rares trains arrivent et repartent, trouant la nuit. Je finis par poser la question qui me brûle les lèvres :

« Et maintenant, que comptes-tu faire ?

– Rejoindre Edina à Genève. Je ne suis plus la bienvenue ici.

– Tu as peur ?

– Non. J'ai honte.

– Tu as nourri ta famille, celle de Richard, celle de Julie…

– Ça ne change rien. Je n'aurais pas dû adapter la pièce pour qu'ils puissent la comprendre, ni leur garder les meilleures places…

– Il faut réserver les meilleures places à ses ennemis. »

Je ne fais que la rassurer ; je sais que la réalité est plus grave. Et j'avais vite compris que si notre théâtre était le préféré des officiers allemands, ce n'était pas uniquement pour les beaux yeux de sa directrice.

« Non, continue-t-elle, la Suisse est neutre. Là-bas, il n'y aura personne pour me juger, pour me regarder comme une Allemande ou une collabo.

– Attends quelques jours, je viendrai avec toi.

– Tu n'y penses pas, me répond-elle, il y a le théâtre et... »

L'arrivée d'un train l'interrompt. Elle se lève, hisse Françoise sur sa hanche, ramasse la petite valise qu'elle s'est préparée, me regarde. Je passe une main sur son visage. Mes yeux s'embrument. Je baisse la tête pour qu'elle ne me voie pas pleurer. Elle monte dans le wagon et je ne vois plus d'elle que ses jambes et, lorsqu'elle se retourne, la ligne brune tracée au marc de café pour simuler une paire de bas. Va, Manon, va, cours, vole et vis. Un jour, je te rejoindrai.

Margot Heymans, 16 ans, Bruxelles, Belgique.

Margot Heymans est étudiante en Belgique en cinquième secondaire (équivalent à la première en France). Elle écrit depuis trois ans et se destine à des études littéraires ou historiques. Ses écrivains préférés sont Marie-Aude Murail, Guy de Maupassant, Daniel Pennac. Elle se passionne évidemment pour l'écriture et la lecture, mais également pour le cinéma et la Nouvelle Vague française, l'histoire et les arts en général.

Margot a été parrainée
par Bernard QUIRINY

Une salle des fêtes

Simon Bizouarne

La première fois, elle est encore trop jeune pour pouvoir lire les tracts épinglés au panneau de liège, à l'entrée, derrière la porte principale à double battant, ces tracts jaunes ou roses ou vert pâle annonçant le loto, la kermesse ou le bal des chasseurs, de l'école et des autres, qu'elle lira parfois plus tard, adolescente toujours trop jeune encore pour refuser d'y accompagner les adultes mais trop vieille pour n'y être pas désœuvrée très vite, au fil de ces heures interminables dans le combat continuel entre les voix, les couverts et les enceintes de l'animateur, cette cacophonie que la première fois elle trouve étourdissante, grisante même, elle a trois ans, peut-être quatre, et elle n'a jamais vu de salle si grande, jamais entendu de bruit si puissant que celui produit par tous ces inconnus que ses parents, pour le moment encore le centre de sa vie, son point focal par lequel elle observe le reste du monde et sans lequel ce reste deviendrait trop flou et complexe pour faire sens, que ses parents donc lui présentent un par un, ou plutôt c'est elle qui est présentée et qu'on regarde, qu'on complimente, elle qui joue la fille timide d'abord puis embrasse la joue et se laisse embrasser à son tour, car c'est cela qui rendra papa et maman fiers d'elle et qu'à ce moment de sa vie c'est tout ce qu'elle désire, que papa lui frotte la tête et que maman fasse l'éloge de son attitude devant les inconnus, cousins, tantes et autres membres de la famille plus éloignés qu'elle n'a jamais vus et qu'elle oubliera jusqu'à la prochaine réunion digne qu'on lui dédie une telle salle pour écrin, avec ces murs dont le blanc-beige décoré çà et là selon l'occasion et le choix de couleur des serviettes de tables – violet et marron ou blanc et bleu, qu'on veut dans l'air du temps et qu'on regrettera plus tard, lorsqu'on ressortira les photographies prises en ce jour de liesse organisée – renvoie le blanc éblouissant des néons accrochés là-haut, au faux plafond, blanc lui aussi et ponctué de gris, néons déjà allumés car on a traîné dehors un long moment pour accomplir les formalités diverses sans lesquelles tout ce monde ne se serait pas rassemblé, à l'église, à la mairie, au point d'eau ou sur la place, au vin d'honneur dehors ou à l'apéritif improvisé chez un oncle pour fêter comme il se doit cette étape de la vie franchie par la cousine plus âgée de vingt, vingt-cinq ans, qu'on ne voit pas si souvent, son mariage ou le baptême de son premier-né, dans tous les cas on louera sa coupe et le choix de sa robe – qu'elle regrettera autant que les serviettes – et elle la trouve si belle, cette grande cousine, si proche des princesses auxquelles on n'a de cesse de l'exposer, si proche de ce à quoi une femme doit ressembler, avec ses longs cheveux soignés et sculptés à domicile par la coiffeuse du bourg et sa robe avec ses nombreux rubans, qu'elle se dit que plus tard elle veut être comme elle, et lorsqu'elle confie ce souhait à sa mère celle-ci rit et le répète autour d'elle pour faire profiter tout le monde de la bonne nature de sa fille, puis lui dit qu'elle aussi pourra avoir une belle robe et une coiffure dans le genre, quand elle sera grande et qu'elle se mariera avec son amoureux ou qu'elle aura un enfant à son tour et qu'elle le fera baptiser et, les rêves d'avenir de sa petite poupée oints de sa bénédiction maternelle, elle retourne aux problèmes de santé d'un énième cousin, la laissant libre d'aller courir avec les enfants de son âge maintenant que le rite fastidieux des présentations embrassades a été mené à son terme, il n'est plus question alors d'être bien sage, car si l'ange gracieux et docile en tout temps est l'avatar nécessaire au bon plaisir des adultes, il ne peut susciter que l'opprobre chez les enfants présents, en tout cas chez ceux qui comptent, cousins et rejetons des rares amis invités au-delà du vin d'honneur, de deux, trois ou quatre ans de plus qu'elle et pour qui il faut jouer les grandes, les dures, pouvoir courir au même rythme, crier au même volume et conspirer avec la même malice dès qu'un trou lors du repas en douze plats qui durera jusque tard dans la nuit permet de s'échapper de table, elle dévore les portions du menu enfant si vite qu'elle manque s'étouffer, non parce que le gratin dauphinois du traiteur l'enchante mais parce que perdre le rythme c'est perdre les grands de vue et qu'à son âge on ne peut se permettre un tel échec, à moins de vouloir passer des heures seule à réclamer les genoux de ses parents occupés à boire et à parler, une humiliation impensable à quatre ans et qui n'en est que pire la réunion suivante, à sept ans, où elle découvre la méchanceté chez ces connaissances avec lesquelles elle ne partage plus assez de références pour pouvoir suivre les jeux et les discussions, elle avec ses livres et ses expressions livresques, qu'on accuse de faire son intéressante dès qu'elle cherche à l'être, à valoir quelque chose à partir de sa personne seule, de ce qu'elle aime, sans se trahir, mais ce qu'elle aime n'est pas adéquat et ce qu'elle est n'est pas conforme, on le lui fait comprendre avec toute la rhétorique mesquine dont disposent les enfants lorsqu'ils se sentent dominer quelqu'un ou quelque chose, lorsque la puissance du groupe ou de la compétence leur offre l'occasion de maîtriser entièrement une situation, on le lui fait comprendre, sans insultes et sans coups mais par des remarques qui se veulent fines, en répétant ses phrases jugées ridicules avant même qu'elle les finisse, en riant dans l'entre-soi qui se pousse du coude et se lance des coups d'œil entendus, en jugeant dès qu'elle tente de se joindre à une conversation que de toute façon elle ne pourrait pas comprendre, en lui refusant l'accès aux seuls jeux qu'elle connaît par l'invention de nouvelles règles absconses qu'on édicte en ricanant et en la regardant en coin jusqu'à ce qu'enfin elle abandonne et les laisse entre eux, alors la sentence tombe, on ne lui adresse plus la parole, même lorsque tout le monde quitte la salle ils ne la saluent pas, pas un « au revoir », et les adultes, trop hébétés par le bruit, le gras, le vin et les digestifs mentholés, ne remarquent rien et n'en disent pas plus, ce qui n'augure pas de réunions ultérieures plus plaisantes, elle le pressent et à raison, car à douze ans le calvaire doit recommencer, sa famille est vaste et les occasions de se retrouver nombreuses, cette fois elle essaie à peine d'engager un contact avant de décider qu'il ne vaut mieux pas, les grands le sont vraiment à présent du haut de leurs treize, quatorze, quinze ans, de leur corps en transition avec lesquels il se battent tous les jours pour enfin passer du côté des adultes, ils ne vont pas compromettre leur statut fraîchement acquis d'adolescents par de vaines interactions avec elle, qu'ils n'ont jamais appréciée puisqu'ils ne trouvaient rien à lui dire qui semblât l'intéresser ou lui plaire, puisqu'elle ne marquait donc pas assez le désir d'être intégrée parmi eux qui constituaient à leurs yeux la norme, et face à ce rejet implicite elle préfère ne parler à personne, elle choisit une dignité qu'elle trouve stupide mais qui constitue sa seule alternative au dégoût qu'elle ressentirait après la fête si elle cédait, si elle prétendait, pour sauver ces quelques heures de bruit sans échappatoire, qu'elle veut en savoir plus sur leurs portables, leurs vies mornes et leurs cigarettes, chipées dans un des sacs à main entreposés dans le vestiaire de fortune installé au creux d'un renfoncement du hall, alors elle s'occupe, elle reste à table et mâche lentement la viande en sauce inidentifiable, dessine avec le cure-dent d'un hors d'œuvre sur la nappe en papier, fait la navette entre la salle et la cuisine attenante, refuge qu'elle déteste, plus blanc encore que la salle elle-même et baigné de la vapeur du lave-vaisselle industriel et d'une odeur de chaud et d'eau sale qui la répugne et qu'elle croit sentir dans chaque plat par la suite, qu'elle ne pourra plus jamais dissocier du goût de la cuisine de traiteur, et quand elle en a assez de venir combler le vide de la soirée sur cet odieux carrelage mouillé, elle lit, elle inspecte ces tracts qu'elle ne pouvait déchiffrer petite ou, si elle le peut, si aucun de ses parents ne la surprend et ne vient lui intimer de ne pas lui faire honte et d'aller s'amuser avec les autres comme une fille de douze ans normale le ferait, elle sort de son sac son livre du moment, un de ses préférés, un pavé digne de la lettrée qu'elle se figure être, et le pose ouvert sur la table une fois l'assiette récurée et poussée, l'entourant de chacun de ses coudes et bouchant tant bien que mal ses oreilles de ses mains, enfin elle peut tirer quelque plaisir de cette soirée, même s'il est solitaire, même si le fait que son unique plaisir dans cette soirée de deux cents personnes au moins doive s'apprécier seule la rend un peu triste, au moins peut-elle lire tard et les autres, persuadés désormais qu'ils l'ont vue à table avec son livre en revenant de leur cigarette initiatique derrière la salle, qu'ils n'ont rien à se dire et n'auront jamais rien à partager avec elle, la laissent-ils tranquille sans chercher à la comprendre ou à la changer, ils la laissent avec son livre et l'autre ermite de la table des enfants, qu'elle ne connaît pas ou dont elle ne se souvient pas, qui ne reste pas assise là pour les mêmes raisons quoiqu'elle ne semble pas y goûter plus qu'elle, c'est que cette voisine non plus n'est pas intéressée par les fumeurs novices et ne les intéresse pas en retour, elle a seize ans, bientôt dix-sept, et, si elle a pu trouver quelque frisson à ces rébellions obligatoires quelques mois plus tôt, ce n'est plus le cas aujourd'hui, elle ne désire plus qu'une chose maintenant, c'est être une adulte, une vraie, qui peut refuser les invitations et ainsi ne pas être condamnée à passer une énième soirée à laquelle, par un coup du sort, des hôtes célébrés ou de ses parents qui ont omis ce détail, elle se retrouve encore une fois, la dernière avec de la chance, à la table des enfants au bout de laquelle elle a repéré au cours du repas sa jeune compagne de galère, qu'entre deux plats et errances sur son portable elle a observée, sur le visage de laquelle elle a reconnu tout le désarroi et l'amertume qu'elle a pu connaître elle aussi dans ce genre d'endroits et dont elle sait qu'ils ne la quitteront jamais vraiment, que cette sourde impression de n'être pas assez bien reviendra toujours, aussi lorsque la jeune lectrice, suite à une remarque de sa mère qui passait par là, range son ouvrage avec dépit, elle s'en approche et, pleine de la hardiesse de celle qui sait et qui vient transmettre, elle s'assied sur l'une des chaises vides qui l'entourent et se met à lui parler, s'amusant de l'incrédulité qu'elle voit sur le visage de la petite et qu'elle peut comprendre, car enfin cette fille presque adulte dont elle ne connaît même pas le nom lui fait la conversation, seule au départ puisqu'elle ne sait pas comment réagir, que la situation lui paraît, plus qu'étrange ou inattendue, absurde, on ne vient pas parler aux filles comme elle dans ces soirées, on s'amuse, on danse dans l'espace laissé devant l'estrade au bois vermoulu et les enceintes de location couchées dessus, et si par malchance on se retrouve à côté d'elle lors du repas on fait comme tout le monde, on la laisse à son roman et on change de place entre l'entrée et le poisson pour se trouver un compagnon de tablée plus prompt à s'adapter aux exigences sociales, pourtant ce soir ne se déroule pas selon l'ordre naturel des choses, cette grande, dont elle ne peut déterminer l'âge mais qui est certainement au lycée, a décidé de lui parler, de lui raconter sa vie et de lui montrer à sa manière qu'elle la comprend, qu'elle connaît cette expérience désagréable pour l'avoir vécue, du moins a-t-elle l'impression que c'est là le message qui tente de passer derrière les questions sur sa vie auxquelles elle commence à répondre par monosyllabes gênés puis par des phrases de moins en moins timides, enfin elle parle d'elle-même avec délices, elle se laisse aller, qu'importe que son interlocutrice fasse peut-être acte de charité pour passer le temps, qu'importe que, de son propre aveu, les livres ne l'intéressent pas plus que cela, pour une fois on ne l'a pas abandonnée, et elle devine tout à coup qu'elle n'est pas obligée de l'être, qu'elle n'aura pas à passer sa vie ainsi, la lycéenne providentielle est venue infirmer cette hypothèse qui avait jusque-là valeur de vérité dans son esprit, et si elle ne peut pas encore dire qu'elle est heureuse ce soir-là ou en général, cela ne compte pas, le monde est vaste et elle a tout son temps, les heures qui restent à cette soirée passent très vite, lorsqu'elle doit quitter la salle et sa sauveuse une pointe de tristesse accompagne son soulagement, elle souhaite la revoir, mais ne la reverra jamais, elle souhaite ne jamais revenir dans cette salle, mais des années plus tard elle doit y retourner, elle a seize ans à son tour et a gagné le droit, comme les autres enfants auxquels elle ne pense plus, de s'asseoir à la table des adultes, de participer à leurs conversations, on lui demande comment marche le lycée – très bien merci – si elle a un copain – ce n'est pas à l'ordre du jour – ce qu'elle compte faire ensuite – écrire des livres, mais cela elle ne peut pas en parler avec eux, pas encore, on penserait qu'elle fait de nouveau « son intéressante » – et même si elle n'est pas mécontente de cet intérêt nouveau qu'on lui porte maintenant qu'elle est pubère, elle n'en ressent plus tant le besoin, elle a une vie à présent, son intuition des années plus tôt était la bonne, elle a trouvé des camarades, des partenaires, des amis qui lui apportent l'attention dont elle manquait dans cette salle, elle a acquis ce début de confiance qui lui permet d'ignorer le superflu et le fâcheux dans des relations auxquelles elle ne tient pas, et les visages et les néons lui rappellent cette fille malheureuse qu'elle a été ici, l'amertume qui reste coincée quelque part dans sa gorge, c'est pourquoi aux premières heures du matin, quand ses parents, qu'elle a regardés danser tout leur saoul de sa chaise, son verre de vin à la main, viennent lui dire qu'il est temps de partir, elle se lève sans regret, sans un regard pour cet endroit sans âme dans lequel on ne l'obligera plus jamais à venir, et pour la dernière fois elle passe la porte à double battant de la salle des fêtes.

Simon Bizouarne, 26 ans, Castres, France.

Simon Bizouarne est professeur de lettres modernes en collège. Il est passionné de littérature, d'écriture, de cuisine et de musique. Il n'avait jamais publié ou présenté ses écrits jusqu'à présent. En ce moment, il travaille sur un premier roman. Il travaille également sur un recueil de poèmes en prose intitulé *Esthétiques*. Parmi ses écrivains préférés, on trouve : Pierre Michon, Jean Echenoz, Charles Dickens et Virginia Woolf.

Simon a été parrainé
par Minh TRAN HUY

Parthénogenèse

Jean-Lou David

Le 8 septembre 2022 naquit à Ville-Marie au Témiscamingue, province de Québec, le premier enfant né d'une femme parthénogénétique. Rien, à sa naissance, ne la distinguait d'un quelconque autre bébé. Aimablement dodue et rosée, pleurant pour le sein, obnubilée par les objets aux couleurs vives et les chansonnettes suraiguës intégrées au petit système de son de sa poussette, rien, pas même ses organes génitaux en apparence normaux, n'eut pu permettre de signaler qu'elle serait capable d'engendrer, par duplication génétique, hors sexe, sans le secours d'un spermatozoïde, une descendance plus nombreuse que les étoiles du ciel, peut-être plus abondante que celle que Dieu avait promise à Abraham. Capable d'engendrer des femmes uniquement, et qui elles-mêmes ne donneraient naissance qu'à des femmes. L'histoire qui suit, et que je consigne pour l'édification des générations futures, avec l'aimable subvention du *Comité central*, n'a pas de teneur politique ou religieuse. Elle est le simple récit, les archives si l'on préfère, de ce qui devait mener à l'avènement de la *Dernière Vague du Féminisme mondial* et à ce qui fut appelé bientôt *Le Grand Renouveau du Culte.*

⋆

L'enfant naquit d'une mère qui n'était encore qu'une jeune fille, nouvellement nubile, âgée de treize ans à peine. Anne-Julie était une étudiante tout ce qu'il y avait de médiocre à l'école secondaire de Notre-Dame-du-Nord et qui, selon les multiples dépositions qu'elle produisit par la suite, venait tout juste d'avoir ses premières menstruations pendant le congé scolaire des Fêtes. Rapidement retirée des classes sitôt qu'elle fut « trouvée grosse », on la confia à sa grand-mère en l'absence d'une autorité parentale compétente. Sa mère étant une droguée et l'identité de son père inconnue, la grand-mère obtint sur-le-champ la charge de tutrice légale. Consternée, la vieille femme très pieuse, veuve d'un mari alcoolique et violent, crut d'abord que la jeune fille avait été l'énième victime d'une société malade, hypersexualisée, qui banalise l'érotisation des jeunes filles, les dresse à l'*à-quatre-pattissement* et les livre, toutes jeunes encore, à l'appétit sexuel dévoyé des jeunes garçons, eux-mêmes gavés d'une éducation sexuelle pornographique révoltante. Il n'en était rien cependant. Anne-Julie, qui montrait quelques signes de corruption morale, lascive, consciente déjà de ses grâces, tout en souplesses et en ronronnements, protesta pourtant violemment lorsqu'on tenta par tous les moyens de lui faire admettre sa faute et de livrer le garçon avec qui elle s'était commise. Il fut impossible d'obtenir quoi que ce fût d'elle. Très au fait du « fonctionnement anatomique », il semblait manifeste qu'elle en savait bien trop long sur la question pour camper, non sans ridicule, ce rôle de vierge surprise. Mais elle y tenait fermement ; elle n'avait rien fait, rien à raconter et rien à cacher non plus. Bien qu'aussi on trouvât dans ses tiroirs des petits cachets bleus, de marque *Cilesta*, qu'on reconnut être des pilules contraceptives, et que la petite soutint prendre, comme bien d'autres jeunes filles de son âge d'ailleurs, seulement dans le but d'accélérer la formation de sa poitrine. Elle fut d'autant plus intraitable. Elle n'avait fait « ça » avec aucun garçon.

Embarrassée par autant de récriminations, la grand-mère fut aussi surprise, sinon plus, que le médecin du CLSC de Ville-Marie lorsque celui-ci, après examen attentif, se buta à un curieux constat. À savoir qu'il observa chez l'adolescente la présence d'un hymen non seulement intact, mais parfaitement clos et très épais (appelé *hymen scléreux* chez les spécialistes). Malgré l'évident paradoxe que la situation présentait, le médecin s'en tint à ce moment à la simple constatation de la grossesse, sans chercher à en expliquer la cause, ce qui n'était d'ailleurs pas de son ressort et de surcroît une complication dont il se passait plus que volontiers. Anne-Julie fut donc renvoyée à sa grand-mère sans plus d'explications.

Ne sachant à quel saint se vouer, étourdie aussi par les protestations de sa petite-fille, qui jurait son innocence sur tout ce qu'elle avait de précieux et qui n'avait, du reste, jamais été menteuse, les convictions de la vieille vinrent à faiblir rapidement. C'est en particulier l'omniprésence de la grotte dans les récits de la petite qui commença de troubler la grand-mère et, à plus forte raison encore, ce qui s'y produisit bientôt qui la firent complètement changer d'avis sur la question. La grotte dite Notre-Dame-de-Lourdes à Ville-Marie, lieu de dévotion mineur, construite avec des *balles de foin* et du ciment au début du siècle dernier, occupait alors une place encore relativement importante dans les superstitions locales, auprès des personnes âgées surtout. Miracles météorologiques de pacotille, intercessions divines consécutives à des prières adressées à la petite Bernadette Soubirous et autres pseudo-apparitions faisaient partie depuis longtemps du folklore religieux local. La petite, à en croire l'ensemble de ses dépositions, y passait un temps plutôt inhabituel pour une fille de son âge. Elle avait surtout contracté, depuis très jeune d'ailleurs, l'étrange habitude de boire à la petite source qui moutonnait derrière, bien que celle-ci soit présumée impropre à la consommation, puisque située très près d'une usine de fabrication de produits cosmétiques.

Il n'est pas certain que quelques-uns des témoignages entourant les événements ne furent pas forgés à posteriori. Il est dit, néanmoins, qu'il y eut, dès avant la découverte de la grossesse d'Anne-Julie, certaines *apparitions*, réservées aux seules femmes pieuses et vierges de la paroisse. Des sensations évanescentes, des *présences*, des voix même chez les plus touchées par la grâce, laissant penser, insinuant, chuchotant la venue prochaine d'une grande force, d'un même grand bouleversement. C'est peu après qu'Anne-Julie revint de son premier examen à l'hôpital que se produisit ce qui devait être interprété comme un miracle et qui lança l'affaire. Suivant les dépositions de plusieurs témoins locaux, et parmi eux de simples citoyens soupçonnables de tout hormis de sympathies catholiques, on constata le matin du 25 mars une énorme bordée de neige, épaisse de plus de deux mètres, aux alentours immédiats de la grotte et nulle part ailleurs au village, ce qui attira évidemment un peu de monde. Anne-Julie, qui tint beaucoup ce jour-là à se rendre aux abords du saint lieu, entreprit autour de midi la petite ascension qui mène au plateau sur lequel est sise la grotte. Sitôt que son pied eut touché la première marche, il se fit un grand remuement au ciel, qui devint noir comme de l'encre, tempétueux, affreux. Cependant qu'elle atteignait l'esplanade désormais sacrée, il y eut de nouveau un bouleversement météorologique, durant lequel certains rapportent avoir vu l'air, l'atmosphère même, se teindre de toutes les couleurs de l'arc-en-ciel, le soleil pirouetter au firmament, se dédoubler, resserrer son faisceau précisément sur l'alcôve dans laquelle se trouve la statue de la Vierge, foncer sur la terre, s'éclipser puis reparaître, mais comme travesti, ayant pris l'aspect de la lune, ce que certains, particulièrement versés en symbolisme occulte, interprétèrent comme le symptôme d'une réorganisation des forces cosmiques et alchimiques, désormais basculées du côté féminin, glissées du pôle tellurique au pôle aquatique et ainsi de suite... Certains autres déclarèrent n'avoir strictement rien vu de tout cela.

*

Le surlendemain débarquaient au village le cardinal Ouellet et toute une équipe de théologiens-enquêteurs, spécialistes du droit canon et autres, envoyés pour tirer au clair cette histoire. Ameuté par la vieille Élise, la grand-mère d'Anne-Julie, le Vatican se montra dès le début très enclin à accepter le récit et surtout l'interprétation de la vieille à qui il laissa ainsi toute latitude médiatique, sentant bien qu'elle lui attirerait de la sympathie. La vieille femme prit très à cœur sa mission apostolique. Institutrice à la retraite, femme d'une certaine éducation et autodidacte en religion, d'une sagacité retorse, elle était d'une profondeur déconcertante qui souvent, au détour d'une envolée étrange et approximative, saillait et s'ouvrait sur des abîmes théologiques. Empressée plus qu'aucune autre à ce que la grossesse de sa petite-fille soit reconnue comme immaculée, elle consentit à ce que les médecins spéciaux du Vatican procèdent à toutes sortes d'examens sur la jeune femme ; interventions gynécologiques puis obstétricales, échographies et prélèvement génétique sur le fœtus ainsi que sur la future mère. Il fut constaté rapidement que l'enfant à naître avait exactement la même séquence génétique que sa mère, ce qui impliquait Dieu sait quoi d'étrange à ce stade. Une équipe externe de généticiens, appelée en renfort, et dont la crédibilité et l'indépendance furent par la suite rudement malmenées, conclut bientôt à une grossesse parthénogénétique. On expliqua au cardinal Ouellet et autres saintes autorités en présence que l'hypothèse retenue par les scientifiques supposait que, pour une raison mystérieuse encore, l'ovulation, qui d'ordinaire bloque l'ovocyte II au stade appelé métaphase II, aurait opéré différemment et que lors de la deuxième division de la méiose, c'est-à-dire lors de l'anaphase, les chromosomes simples brins seraient demeurés dans un des deux ovocytes, laissant l'autre inemployé et voué à la dégénérescence, ce qui devait provoquer le développement d'un individu porteur des mêmes gonosomes que sa génitrice. Bref, une fille allait bientôt naître par une sorte de clonage *naturel* des gènes de la mère. On tenta bien de faire répéter les généticiens, plus lentement, avec plus ou moins de détails, avec des images, sans images, mais il n'y avait tout simplement plus moyen de faire comprendre à Son Éminence qu'il ne s'agissait pas *obligatoirement* d'un miracle, mais plutôt d'un phénomène, il est vrai, jusqu'alors inouï, mais que l'on pouvait néanmoins expliquer scientifiquement. Le fardeau de la preuve incombait dorénavant aux seuls sceptiques : Dieu avait parlé à la grotte, Anne-Julie avait reçu, on ne pouvait plus en douter, la Grâce de l'enfantement divin.

Il va sans dire que l'annonce officielle du Vatican fut reçue d'abord avec beaucoup de scepticisme par le monde laïque et que l'on crut le Saint-Siège enfoncé pour de bon dans un délire d'autosabotage schizophrène. Les journalistes comparèrent la conférence de presse initiale aux exubérances émises quelque vingt ans plus tôt par les raëliens, à l'époque où ils prétendirent avoir réussi le premier clonage humain. Ces derniers d'ailleurs, qui n'étaient toujours pas en reste de simagrées pour obtenir l'attention médiatique, surenchérirent en accusant l'Église d'espionnage et tentèrent de prouver qu'elle avait procédé à un clonage par ovocytes énucléés, suivant la méthode qu'ils avaient eux-mêmes développée. Autrement, on trouva aussi à l'équipe externe de généticiens toutes sortes de relations propres à la discréditer ; on jugeait les uns baptisés bien trop tardivement, les autres avaient des tantes nonnes, ceux-là étaient allés à Fatima, ceux-ci, à bien y regarder, avaient des têtes de moines et des calvities qui rappelaient la tonsure et tel autre encore avait la passion des cathédrales. De toutes parts on demanda à pouvoir réexaminer la jeune femme mais le Vatican, sous la tutelle duquel elle s'était placée, veilla à ce qu'on ne la dérange plus, au moins le temps de sa grossesse.

Pour la plupart des grands médias occidentaux, l'Affaire de Ville-Marie, dans sa première impulsion du moins, fut un sujet certes sensationnel, fort rentable, mais rien d'autre qu'une aimable escapade dans le monde folklorique et attardé de la superstition. Internet fit ses choux gras des discours d'Élise, particulièrement de celui suivant l'annonce officielle ; discours qu'il n'est peut-être pas inutile de rappeler brièvement à l'intention des lecteurs du présent mémoire et dont voici l'exhorte finale.

Oui, bientôt il naîtra d'elle une petite qui sera l'espoir du monde entier, une enfant née hors du péché. Une deuxième. Dieu nous avait donné le Christ, que l'on s'empressa de mettre en croix. Voici une seconde chance que Dieu nous tend. Le Seigneur a choisi de l'annoncer par l'intermédiaire de Sa Sainte Mère. Il a choisi que ce soit une fille. Il a voulu que ce soit par la femme, cette fois, que la Nouvelle nous revienne. Le Christ d'ailleurs n'a jamais été aussi mal nommé que lorsqu'on Le prétendait le fils de l'homme. *Il fut tout, excepté le* fils de l'homme. *C'est le fils de la femme. L'homme affranchi de l'homme. Voici maintenant la femme issue de la femme. L'espèce affranchie de sa violence. Il fallait à ce monde perverti la douceur et la force tranquille de la femme pour ramener au sein de l'Église le troupeau égaré, ramener les enfants perdus au sein de leur mère, les attrouper en son giron, comme au jour premier. Il fallait une mère et sa fille pour les faire communier de nouveau à sa chaleur, à sa quiétude, qui sont pareilles à celles qui nous bercent dans notre première demeure, lorsque l'on vit déjà, mais dans la nuit primitive, dans l'asile lunaire de l'intérieur maternel. Fidèles du monde entier, l'Église vous rappelle comme une mère que vous auriez trop longtemps délaissée, une mère éternellement belle, une mère qui entamera bientôt son dernier printemps pour une effloraison qui promet d'être gigantesque. Soyez-y. Revenez d'où vous êtes venus.*

Ce discours abracadabrant fut timidement salué par quelques cercles féministes, bien que plusieurs y trouvèrent un quelque chose de très « pot-au-feu », rétrograde et sentant fort sa ménagère suffragette.

On s'entendit néanmoins pour y voir une ouverture courageuse du Vatican vers des lendemains peut-être plus diversifiés. On s'enthousiasma, surtout, pour la messagère et sa verve poétique. Internet, avec une rare unanimité, jugea le phénomène hautement humoristique. Il n'y eut que dans certaines franges conservatrices du Web que l'annonce créa des dissensions idéologiques. Certains catholiques plus « modernes » jugèrent que le moment était opportun pour quitter le navire, puisque celui-ci semblait vouloir voguer vers les récifs escarpés de la féerie et des récits miraculeux. Nombre de vieilles dévotes, au contraire, jointes en cela par une relève plus jeune, peu nombreuse tout d'abord mais pugnace, tentèrent d'infléchir l'Église vers une forme de catho-féminisme (c'est ainsi du moins qu'on appela le phénomène plus tard) que laissait poindre le discours d'Élise.

Quelques mois passèrent et l'événement, de moins en moins présent médiatiquement, tout près de tomber en désuétude, fut naturellement éclipsé par le continuel roulement des nouvelles sensationnalistes : élection d'un Premier ministre autochtone transgenre (*two spirit*) au Canada, dressage d'un chat de compagnie capable d'exécuter la 5e symphonie de Beethoven au piano, immenses feux de forêts en Amazonie… puis fut formidablement ramené à l'avant-plan lorsque l'on annonça, sur la place Saint-Pierre bondée, la naissance de l'enfant miraculeuse. Puis, à quelques heures d'intervalle, le diocèse du Témiscamingue, en la personne de Son Éminence le cardinal Ouellet, tint également une conférence de presse d'urgence pour annoncer que la CIA s'était « approprié » le bébé, né à l'hôpital de Ville-Marie. La nouvelle eut un retentissement monstrueux. Deux mois encore s'écoulèrent, laissant la planète comme « assise le cul au bout de sa chaise », avant que la présidente américaine confirme la bouleversante véracité de ces assertions. Rompu aux usages médiatiques, le Saint-Siège avait attendu patiemment avant de révéler, le même jour, dans un fastueux triomphe de draperies, de trompettes et d'encens, qu'Anne-Julie, puisqu'elle n'avait pu allaiter, était de nouveau enceinte. La planète fut tout près de craquer en deux.

*

Il se fit un raz-de-marée journalistique indescriptible vers Ville-Marie et Washington, où l'on savait le poupon gardé au Pentagone. Heureusement aux mains d'une présidence démocrate, les principaux spécialistes jugèrent qu'il n'y avait, somme toute, pas trop à craindre pour la vie du bébé, qui autrement, gardé par les républicains, aurait certainement été exécuté sur l'autel des traditions bousculées. L'entièreté des médias de la planète se massa à une grande conférence de presse donnée par des scientifiques au Pentagone. Dans un effarant charabia savant, il fut dit, entre autres, que la mutation génétique présente chez la jeune mère était vraisemblablement thélytoque, *obligatoire*, et qu'il n'y avait donc aucune raison de croire que la descendance d'Anne-Julie puisse engendrer des mâles. La consternation fut véritablement atteinte lorsque la généticienne mandatée par le congrès américain pour expliquer le phénomène au grand public eut recours à l'exemple d'une espèce de lézard, dite *whiptail*, dont la reproduction parthénogénétique était on ne peut plus « efficace » et d'une compréhension tout à fait aisée. Il y eut un moment dont l'histoire se souviendra éternellement, une seconde à peine qui suffit à marquer les esprits, à terrifier les hommes, un moment où la scientifique eut un sourire en coin, un sourire énigmatique, railleur peut-être, lorsqu'elle répéta pour la troisième fois à l'intention d'un journaliste, qui semblait très ébranlé, les données de projections démographiques stupéfiantes. D'ici à trois cents ans, tout au plus, il n'y aurait plus d'hommes sur terre. Ce sourire, qui fit rapidement le tour de la planète, fut qualifié de « sourire du sphinx », on appela la porte-parole la « Joconde homophage », on y vit la résurgence de l'Éternel féminin, les psychanalystes y virent une forme d'arrogance et de déni œdipien et les masculinistes, enfin, appelèrent au meurtre de cette « pute arrogante », ce qui devait se réaliser quelques années plus tard.

En effet, suivant les courbes démographiques même les plus prudentes, avec une mère capable d'enfanter autour de trente filles (au bas mot), elles-mêmes capables d'engendrer une pareille descendance, à ce rythme, la planète serait bientôt conquise tout entière. C'est sans mentionner qu'il fallait aussi prendre en compte la pitoyable fécondité masculine, « ce tas de couilles molles », raillèrent plus tard certaines associations de femmes, infertilité qui n'allait certainement pas aller en s'améliorant, due sans doute à la présence massive de phytœstrogènes dans l'environnement. Le cocktail génétique semblait complet pour sonner bientôt l'extinction du « sexe fort » qui, pour l'occasion, il faut l'admettre, ne fit pas exactement honneur à ce nom...

Ce fut d'abord un prodigieux pleurnichement, une larmoyance planétaire et généralisée. On lâcha la laisse à tout ce qui se faisait d'*opinionneurs* dans tous les journaux et plateformes numériques du vaste monde pour argumenter que le mieux à faire, à bien y penser, suivant la situation et tout bien considéré, était de tuer Anne-Julie et sa descendance. En quelques semaines, le paysage politique planétaire s'en trouva complètement bouleversé, et sans doute jamais dans l'histoire il n'y eut pareille polarisation des opinions. Le congrès américain, qui à l'époque avait atteint la parité, rejeta catégoriquement tout ce qui visait à nuire à la descendance parthénogénétique d'Anne-Julie, jugeant qu'il valait mieux, pour l'heure, se garder des décisions précipitées. Voyant que rien ne serait fait pour contrecarrer la « catastrophe démographique », la réaction des hommes fut d'abord politique.

Les principaux partis politiques des grandes sociétés occidentales se scindèrent pour créer des *ailes masculines*, il y eut aussi toutes sortes de milices, de groupes paramilitaires, d'agences secrètes de propagande qui se mirent en place. On tenta des raids contre le Pentagone, d'acheter Anne-Julie au Vatican. Rien à faire. La guerre des idées ne fut pas longue à se muer en guerre de tous les jours. En véritable *Guerre des sexes*. Les maris se mirent à soupçonner les épouses d'appuyer les *nouvelles idées dangereuses*, les pères, leurs filles. Certains employeurs refusèrent d'employer des femmes, et *vice versa*. Il se fit une ségrégation de plus en plus nette entre les sexes dans les lieux publics, les transports en commun, dans les quartiers mêmes des villes. Des accusations, invérifiables du reste, fusèrent de toutes parts contre les cliniques de fertilité, que l'on accusait de favoriser un sexe ou l'autre dans les naissances planifiées. Les gynécologues, certains pour leur plus grand embarras, constatèrent aussi une tendance à la ligature des trompes en bas âge, parfois immédiatement après la puberté. La proportion de célibat, déjà alarmante dans les pays développés, s'accrut encore et s'étendit à la planète entière. Malgré le perfectionnement des applications de rencontre, les *deux solitudes* allaient en s'amplifiant et rien ne semblait plus pouvoir émoustiller durablement les femmes. Quelque chose semblait s'être rompu dans la confiance entre les sexes. Aussi longtemps que l'attraction, faite sans doute d'un mélange de curiosité, de crainte et de respect mutuel, était restée dissimulée, l'affection, la sexualité et leurs corollaires avaient encore trouvé à s'épancher. Dès lors que les dessous de chacun avaient été éventés, que les moindres craintes, espoirs et désirs s'étaient fait jour en revendications politiques de toutes sortes, il n'était plus possible, à tout le moins pour les femmes, de continuer à croire en l'amour hétérosexuel qui, décidément, était un assemblage bien trop mesquin de crasses, de pulsions déshonorantes et de fantasmes impardonnables. C'en fut fait pour de bon de l'amour-passion, de l'idéal chevaleresque, et ainsi de suite. D'autant plus rapidement d'ailleurs que les outils séculaires de la propagande romantique hétérosexuelle lâchèrent tout de bon ce mythe suranné, devenu invendable. Il y eut bientôt une recrudescence du lesbianisme chez les jeunes filles d'âge scolaire. L'homosexualité masculine, dite alors de *substitution*, pour épargner sans doute les sensibilités viriles, devint également endémique. On constata bientôt aussi une forte augmentation des cas de dysphories du genre chez les jeunes femmes, sans toutefois être accompagnée de velléité de transition complète, c'est-à-dire sans désir de procéder à une phalloplastie. On commença aussi à trouver sur Internet un nombre effarant de vidéos pornographiques de dominations violentes avec le visage d'Anne-Julie, produites à l'aide de technologies *deepfake* et très largement regardées par la population masculine, si l'on en croit du moins les statistiques mondiales détaillées que produisait à l'époque le principal distributeur de pornographie numérique.

Loin d'être cantonnée aux seules mœurs, la transformation qui toucha la société s'opéra au moins aussi radicalement du point de vue des idées. Une certaine école d'intellectuels commença à se faire remarquer pour ses travaux historiques hautement polémiques et que certains qualifièrent de révisionnistes. Il était sans cesse question, dans leurs livres, leurs articles, leurs conférences, de montrer que cette *domination mondiale* avait été préparée de longue main. On en voulait pour preuve l'accroissement tardif – et comme juste à temps – des effectifs féminins dans l'armée, l'obsession pour la parité en politique, l'élection de plusieurs femmes à des postes de pouvoir et, plus généralement, ce qu'on percevait comme une vaste entreprise de dévaluation symbolique des principales qualités, ou attributs masculins, au profit d'une valorisation du féminin, et ce dans l'ensemble de l'appareil culturel du capitalisme tardif : cinéma hollywoodien, littérature, presse, magazine… Certains, plus marginaux encore, cherchaient à échafauder toutes sortes de théories farfelues et complotistes. On soupçonna évidemment les Juifs et leur millénaire entreprise de saper les fondements moraux de l'Occident, mais pas qu'eux, les Arabes aussi, les Chinois, les gays, les Russes, les Russes gays, les Noirs et même – et surtout – les francs-maçons. Certains scientifiques allèrent jusqu'à prétendre que les femmes auraient un jour à s'accoupler avec des singes, comme il est visible chez les *Aspidoscelis neomexicana* qui se reproduisent quelquefois avec des mâles d'espèces proches pour assurer une diversification génétique minimale. Il leur fut répondu que la descendance ainsi engendrée eut été *triploïde* et donc d'aucune utilité pour un retour à la reproduction sexuée. On se contenta alors d'arguer que les femmes ressentiraient tôt ou tard le besoin d'une « bonne bite », ce qui fut accueilli avec force railleries par les femmes.

Bref, l'époque qui succéda immédiatement à l'avènement de la première femme parthénogénétique en fut une éminemment tendue. Quelques hommes, il est vrai, se rangèrent dans le camp des femmes, admettant qu'il n'y avait au final rien de dramatique à ce que le sexe masculin s'éteigne naturellement et souhaitèrent que l'on vive d'ici là dans la bonne entente. On les soupçonna de vouloir baiser un bon coup avant qu'il ne soit trop tard. On les traita de *vaginards* et de *traîtres à leur sexe*. Question poids politique, s'il y avait alors sur terre quasiment autant d'hommes que de femmes, la proportion non négligeable de *traîtres* faisait invariablement pencher la balance du côté féminin. En contrepartie, les quelques femmes qui ne se rangèrent pas du côté de *leurs sœurs*, pour des raisons religieuses souvent ou par soumission à l'opinion de leur mari, furent marginalisées et traitées de toutes sortes de noms. L'argumentaire consistait généralement à ridiculiser ce qu'on présumait être chez elles une envie irrépressible d'être mère. On les appela les *mères poulinières*, les *pondeuses*, les *grosses parturientes*. Le nouveau mot d'ordre informel, inavouable, était à la cessation de tout *commerce* avec les hommes, ou, au minimum, à la diminution drastique de la reproduction sexuée, et cette idée, qui avait bien des avantages il est certain, faisait tranquillement, quoique fort sûrement, son chemin…

★

C'est à l'époque de la naissance du sixième enfant d'Anne-Julie que commença d'émerger sur Internet une « recette », toute simple, qui permettait de rendre les fillettes parthénogénétiques. Il suffisait de prendre les désormais célèbres pilules contraceptives Cilesta avant la puberté, couplées à une surexposition à l'acétone en bas âge (présente notamment dans les décapants de vernis à ongles). L'acétone, comme le diéthylstilbestrol, commercialisé sous le nom de Distilbène et jadis incriminé pour toutes sortes de malformations génitales et de troubles causant l'infertilité chez les enfants nés de mère à qui l'on avait fait prendre cette molécule prétendument miraculeuse pour éviter les fausses couches, avait des effets œstrogéniques, comme plusieurs autres diphénols d'ailleurs, connus depuis longtemps. Il ne restait en fait qu'à découvrir ses effets en synergie avec les molécules progestatives, ici le norgestrel. Avant même qu'une annonce publique ne soit faite, la compagnie pharmaceutique derrière ces cachets cessa sa production. On tenta de convaincre les pharmacies d'arrêter la vente, mais les prix exorbitants offerts par la demande eurent raison des détaillants même les plus scrupuleux. Les stocks restants s'écoulèrent en quelques semaines et il y eut bientôt un marché noir extrêmement lucratif sur le *deep web* de vente de contrefaçon. On donna le nom de *blue pill movement* à ce phénomène qui devint une mode chez les mères occidentales de la classe moyenne aisée qui en administrèrent à leur fille, ce qui était, à tout prendre, une maigre consolation pour quelques-uns des extrémistes du mouvement masculin, jugeant qu'il valait mieux que la seule race blanche accède à la reproduction parthénogénétique.

Quand les médias, encore majoritairement aux mains d'intérêts masculins, annoncèrent, fort en retard d'ailleurs et après une bien trop longue période de déni, qu'il existait maintenant un nombre inconnu de femmes parthénogénétiques sur terre, l'effet fut cauchemardesque. Ce fut le début de ce que nous, les *archivistes*, devions appeler plus tard l'*ère de la honte*. Les hommes, que l'on savait depuis longtemps peu portés sur la probité sexuelle, se montrèrent d'une sauvagerie incroyable. Comme il n'y avait plus rien à espérer, qu'on ne pouvait guère même sauver les meubles, chacun pensa à baiser frénétiquement. Puisque aussi la situation ne se prêtait plus à l'insinuation, aux atermoiements, à l'affligeante parade du désir juste ce qu'il faut de titillé, mais jamais brusqué, bref, pour parler tout à fait comme certains hommes de cette époque, à l'incompréhensible gymnastique de la sexualité consentante, on fit un grand trait définitif sur les « règles du jeu ». Ce fut le retour des rapts, des pénétrations obtenues à la pointe de la lame, des viols collectifs, des entrées par effraction la nuit, en groupe, pour se relayer tous dans la mère, puis dans la fille. On en retrouvait partout, derrière des poubelles, chez elles, dans des coins sombres des villes, ligotées, droguées, battues et *remplies*. On forçait la semence en elles. Gratuitement très souvent, mais quelquefois aussi dans l'espoir d'engrosser, de forcer la perpétuation du mâle. Le propriétaire d'une célèbre application mobile utilisée pour calculer le cycle menstruel des femmes se rendit d'ailleurs coupable d'un abject crime en divulguant publiquement les informations de ses clientes, qui furent dès lors *visitées* aux moments opportuns. Les principaux sites pornographiques débordèrent bientôt de *snuff movies* que l'on négligeait de retirer de la circulation. Bien entendu, il y eut des hommes qui tâchèrent héroïquement de défendre leur mère et leur sœur, qui, cela dit, apprirent bien assez vite à se défendre elles-mêmes, et ce fut là l'occasion de boucheries fratricides, de meurtre du vieux père libidineux, d'assassinats entre voisins, d'égorgement du meilleur ami qui voulait s'en prendre à la sœur chérie.

Il en résulta une paralysie complète et prolongée de la société et des moyens de production, mais grâce à une gestion de crise relativement habile de la part du gouvernement américain, l'armée et ses puissants moyens techniques, ou du moins ce qu'il en restait après les nombreux pillages qui eurent lieu dans les casernes lors de la démobilisation massive des hommes *indisciplinés*, l'*US Armed Forces*, la première armée du monde, était heureusement gagnée au parti féminin et aida fortement à ce qu'il en soit de même pour les autres principales puissances militaires du G20. Débordée par la menace informe, omniprésente, plus fantomatique encore que ne l'avait été le terrorisme quelques années avant, l'on géra d'abord *au plus pressant*. On exécuta tous ceux trouvés coupables lors des récents événements. La CIA démarra aussi une campagne d'espionnage informatique de grande ampleur ; quiconque était découvert ayant consommé de la pornographie violente était dénoncé publiquement, tenu pour abject, ostracisé, épié, et quelquefois lynché sans procès. Dans les pays plus excentrés, moins appuyés par les États-Unis ou moins bien servis par leurs armées nationales au sein desquelles existait encore une trop grande dissidence, des milices féministes lourdement armées prirent le relais. Très tôt regroupées en une puissante fédération mondiale, elles prirent pour symbole le lézard *whiptail*, ce qui fut perçu comme une inqualifiable arrogance par les groupes militant pour les droits des hommes, insistant sur l'ironie qu'il y avait, à les écouter, à prendre comme symbole quelque chose d'apparenté au serpent de la Genèse et doté d'une queue *en fouet*, artefact par excellence de la dominatrice.

Lorsque l'agitation masculine fut à peu près matée, il ne restait guère qu'un peu plus de la moitié de la population mâle d'avant les troubles. La jeune génération *blue pill* devait bientôt arriver à maturité. Le triomphe féminin semblait certain.

★

L'Église, rengraissée magnifiquement, ventrue à présent de toutes ses mères, grosse d'un monde nouveau, ne connaîtra plus jamais la basse compromission du mariage, n'aura plus jamais à consacrer ni à baptiser le fruit révoltant de la reproduction vivipare, ce par quoi l'homme attentait au Divin, rabaissait la créature et prétendait singer le Créateur. Après la désolante violence des dernières années, une grande douceur gagne à présent le monde, une douceur qui console, qui comprend et qui pardonne.

L'Église ne reniera jamais son message de paix et d'inclusion. Les hommes, pour aussi longtemps qu'il y en aura et suivant les dispositions émises par le concile Vatican IV, pourront continuer d'exercer le culte, de célébrer avec nous l'avènement du monde nouveau.

Ces dispositions, évoquées par la vieille Élise lors de son discours de célébration des dix ans de la *Nouvelle Nativité*, visaient à assurer une présence masculine, au moins temporaire, au sein des institutions catholiques, suivant quelques règles fort strictes et dont la moindre en rigueur n'était sans doute pas la castration chimique du clergé masculin. En effet, en un peu moins d'une dizaine d'années, l'Église opéra une révolution complète de ses institutions, de ses traditions, de son personnel, de sa liturgie et même de son canon biblique, auquel s'était ajouté un *Nouvel Évangile* écrit par Élise.

C'est dès après la naissance du premier enfant et tout particulièrement après son enlèvement par les Américains, événement propre à accréditer les allégations de l'Église, que la popularité de cette dernière recommença de monter en flèche. Venues partager leur admiration pour Élise, des millions de nouvelles fidèles affluèrent aux messes dominicales, aux rencontres de paroisses, renflouèrent les effectifs vieillissants des Filles d'Isabelle, s'engagèrent dans les chorales paroissiales et auprès des associations de charité chrétiennes. Le pape en place à l'époque, qu'on tenait jusqu'alors pour un libéral modéré, voyant l'afflux miraculeux qu'apportait cette curieuse histoire de naissance immaculée, comprit sans doute le profit que pouvait en tirer l'Église. Le Vatican encouragea donc le pèlerinage vers Ville-Marie au Témiscamingue, lieu vers lequel affluèrent bientôt des millions de pèlerins chaque année. On y construisit une gigantesque basilique, la plus grande au monde, dont une partie de la nef s'allongeait somptueusement par-dessus le lac, portée sur pilotis. Ville-Marie, ainsi que les villes et villages environnants, développa un immense parc hôtelier, un business du cierge s'établit aux abords de la grotte, un commerce encore plus ahurissant que celui qui avait cours à cette époque à Lourdes, et l'eau de la petite source fut embouteillée et livrée partout dans le monde. L'analyse de sa composition chimique révéla plus tard la présence relativement élevée d'acétone, ce qui n'était pas pour choquer qui que ce soit à ce stade.

Vers l'époque de l'éclatement des troubles associés à l'*ère de la honte*, l'influence énorme du diocèse du Témiscamingue était déjà en voie de supplanter celle du pouvoir à Rome. À ce titre, l'empoisonnement mortel du pape ne fit, tout au plus, que précipiter ce qui était sur le point d'arriver. Lors du concile Vatican III, tenu immédiatement après la mort du Saint-Père et tandis que le Saint-Siège demeurait vacant, se joua un bras de fer secret que les nouvelles fidèles et leurs représentants gagnèrent sans grande peine. C'est qu'il ne fut pas bien difficile de convaincre, dans les circonstances outrageantes que l'on connaît, cette bande de vieux à soutanes que l'Apocalypse était aux portes et que le règne du stupre, de la fornication et de la Bête à sept têtes était arrivé. Comme le renouveau était, dans une écrasante proportion, redevable à l'affluence des femmes, on parvint à forcer les réformes souhaitées par la nouvelle génération de croyantes. Les femmes acquirent, entre autres, le droit au ministère, à l'ordination et à la papauté. On reconnut également, lors de ce troisième concile, tout ce qui touchait alors la nature divine des multiples enfants à naître d'Anne-Julie.

La stabilité des réformes fut de bien peu de durée. Le nouveau pape fut tué tout net lors de sa première messe par un sniper embusqué et l'attentat revendiqué peu après par l'Opus Dei. Comprenant alors que la réforme n'allait pas se faire sans le déplaisir de quelques-uns, on opta pour la méthode qui consiste à tout faire passer rapidement dans l'espoir que le choc unique soit moins douloureux que la vision prolongée d'une transformation lente. Avec Vatican IV, l'on plaça une papesse sur le Saint-Siège, Ville-Marie devint, à titre égal avec Rome, la seconde capitale du pouvoir temporel catholique, on y construisit également la *Grande Bibliothèque* et l'on fonda la prestigieuse *Confrérie des Archivistes*, à la fois caution masculine du nouveau pouvoir et banque de conservation *vivante* du génome mâle. La liturgie fut également, comme chacune le sait, profondément modifiée. C'est à cette époque que l'on commença à croire en la transsubstantiation du vin en sang menstruel. Le *Notre-Père* devait aussi tomber en désuétude au profit de l'*Ave Maria*. Les réformes affectèrent jusqu'à la symbolique et l'iconographie catholique. Les représentations du Christ en croix, comme à une certaine époque d'ailleurs, se firent de plus en plus androgynes. On commença de Le dépeindre, suivant en cela une tradition millénaire et à laquelle des docteurs de l'Église n'étaient pas étrangers, avec de puissantes et fécondes mamelles, donnant le sein parfois à Ses apôtres. Le *Culte Nouveau* autorisa également la vénération d'Anne-Julie, laquelle était souvent dépeinte en accentuant sa ressemblance avec sa grand-mère Élise, et dont la représentation la plus fréquente la figurait en madone gigantesque, enceinte, le sein nu et enflé, couverte d'une nuée de petites filles, toutes très semblables à elle, pendues à sa mamelle, l'escaladant et roulant sur elle comme sur une plaine vallonnée, perdant pied et semblant rire dans un heureux gazouillis.

*

Il serait certainement exagéré de claironner que l'avènement du *Culte Nouveau* signa la fin de l'histoire, mais il serait tout aussi bien malhonnête de ne pas reconnaître tout ce que l'humanité y gagna en apaisement. Depuis la stabilisation du gouvernement mondial, vers 140 après la *Nouvelle Naissance*, l'histoire n'a connu aucun heurt majeur, aucune régression tragique, à peine le roulis tranquille et quelque part rassurant d'un navire qui vogue sur une mer étale.

La quasi-suppression des crimes violents, la nette régression des crimes contre l'enfance, la fin des grands conflits armés, la diminution significative des problèmes de toxicomanies, la réduction du décrochage scolaire et, surtout, la disparition, pour ainsi dire, des crimes de nature sexuelle, ne sont que quelques-unes des grandes réussites apparentes de cette organisation sociale. Ce ne fut pas pour autant la fin du sexe, loin s'en faut. On découvrit que la nouvelle reproduction parthénogénétique était facilitée, ou se déclenchait plus souvent, comme c'est parfois le cas dans le règne animal et chez certaines espèces de lézards notamment, suite à une forme de saillie lesbienne. C'est-à-dire que, bien que le rôle du mâle fût devenu tout à fait désuet, il fut prouvé que la pénétration était une façon de provoquer l'ovulation et peut-être la stimulation clitoridienne également. Dans le doute, on ne s'empêcha ni l'une ni l'autre.

Il est vrai cependant qu'il s'opéra une forme de déplacement des tabous, du moins pour la période où la cohabitation intersexuelle continua dans les pays où la mixité demeura légale. Mais lorsque la population mâle devint presque inexistante en Occident, certains pays *conservateurs*, où la proportion masculine mit plus de temps à chuter, se retrouvèrent, bien malgré eux, à attirer du tourisme sexuel. Les riches clientes, dans le plus grand secret et non sans encourir le risque de la déchéance sociale associée à cette forme de bestialité, dépensaient ainsi de grandes fortunes en Afrique noire et en Amérique latine surtout. Il faut ainsi reconnaître la clairvoyance de l'aile conservatrice du *Comité* lorsqu'elle parvint à faire passer, en 227 ANN, les lois visant à établir des *Réserves* masculines, propres à combler les besoins de certaines, génétiquement inclinées à cette forme de sexualité disait-on, situation forcément gênante, mais pour laquelle il ne semblait pas y avoir de remède. Ce fut là, peut-être, le plus grand défi qu'eut à relever la nouvelle société, et l'on voit aussi combien sa pondération est grande...

Édouard Manseau
Aspirant *archiviste* à la *Grande Bibliothèque Libre*,
Pour le département d'Histoire sainte Ville-Marie,
En l'an 347 après la *Nouvelle Nativité.*

P.-S.
Puissent mes lectrices pardonner l'incorrection de ces derniers mots. J'espère que la présente copie, cachée par mes soins dans les archives de la *Grande*

Bibliothèque Libre, saura un jour ressurgir et être lue par des esprits libéraux.

Ma thèse, mal reçue par le *Comité central* ce matin, vient d'être portée à l'attention d'un *Comité de relecture disciplinaire* que je sais être composé de tout ce qui se fait de plus orthodoxe dans l'observation des dogmes du *Culte Nouveau*. Je crains fort à présent, et vu la conjoncture politique actuelle, de perdre mes subventions, peut-être jusqu'à mon emploi si ce n'est même pire… Accusée de « sarcasmes blasphématoires », d'« ironie irréligieuse », ma thèse a fait, chose assez rare, l'unanimité contre elle. C'est que le temps est bientôt venu, je le crains, où le pouvoir n'aura plus besoin des doctes services des *archivistes*, sur lesquels s'était pourtant assise la première légitimité du *Renouveau du Culte*. Nous qui fûmes longtemps perçus comme la caution morale et scientifique du *Culte*, épargnés et même fermement soutenus financièrement par l'aile conservatrice du *Comité*, celle qui appartenait au mouvement que nous appelions à l'époque lc *Soutien à la biodiversité*, militant pour la survie du sexe masculin, bien entendu encadrée et cantonnée à la seule *bibliothèque*. Il y eut une époque, pas si tardive encore et dont les plus anciens ont gardé le souvenir, où le travail des *archivistes* était encore valorisé, où nos conclusions suscitaient de grands débats de société, où notre contribution était perçue comme un exercice démocratique sain et même nécessaire à la vie des idées. Cette époque semble bien éloignée de nous à présent. Depuis la montée en puissance de l'aile prétendument progressiste du *Comité*, rien n'est plus pareil pour nous, et la cause, nul ne s'en illusionne, est imputable à la naissance en Inde l'an dernier d'un enfant mâle et dont le *Comité* aurait perdu la trace de la génitrice, ce qui fait craindre une mutation *deutérotoque* susceptible de se répandre et qui, si l'on en croit certaines obscures archives conservées dans les caves de la *Grande Bibliothèque Libre*, n'en serait pas à sa première occurrence.

J'écris cela, je ne m'en cache pas, dans l'espoir vague de susciter la pitié de quelques-unes, qui reconnaîtront là toute la couardise et la basse insinuation que l'on sait inhérentes à la nature masculine. N'empêche, il faut se ressouvenir de l'importance inestimable du travail des *archivistes*. Il importe de rappeler également que le *Culte Nouveau* n'a pas toujours eu droit de cité en politique et qu'il fut une époque où il était encore permis de remettre en cause les *Saintes paroles* sans encourir de risques pour sa vie. Je sais trop le danger qu'il y aurait à réintroduire les hommes dans la société, je ne demande rien d'aussi inconséquent. Je demande le simple maintien de l'indépendance des *archivistes* et le droit à la libre pensée de s'exercer.

Jean-Lou David, 26 ans, Rouyn-Noranda, Canada.

Jean-Lou David est diplômé d'une maîtrise d'études littéraires à l'université d'Ottawa. Il participe fréquemment à des concours d'écriture et se spécialise dans la littérature de la fin du XIXe siècle français. Il se passionne également pour la longue randonnée et le voyage. Ses auteurs préférés sont Gaston Miron, Dostoïevski, Tolstoï et Tchekhov.

Jean-Lou a été parrainé
par Mohammed AÏSSAOUI

Quand on est arrivés

Solène Garnier

Au matin ici, il fait plus froid qu'au matin là-bas.

« Ça caille, ça a gelé, j'ai mis le moteur.

– Ça dégivrera le pare-brise. »

La lumière est plus rose.

Plus coquille d'œuf, plus cuisse de nymphe.

« Regarde les cumulo-nimbus Numéro Bis !

– C'est beau. »

Au travers des petites fenêtres des grandes maisons à colombages, on met plus de temps à comprendre qu'il fait jour. Le soleil est plus sobre ici, sa chaleur est plus fraîche. Pour ne manquer aucun rayon, aucun mimosa, aucune fleur de soufre au matin, les volets sont ouverts par les habitants avant qu'il ne se lève, le soleil.

« J'ai l'œil qui pique.

– T'as mis tes doigts sur tes lunettes.

– Et alors ? »

Pour éviter la nostalgie de son départ, ils sont refermés par les mêmes habitants avant son trépas. Les volets, le soleil.

« Il est pas dix-huit heures, non mais tu le crois ?

– À la soupe pépé ! Moi, s'il fait pas nuit, je dors pas. »

Ce n'est pas le cas mais j'ai l'impression que les pare-brise des voitures sont toujours gelés lorsque je pense à l'est au matin. Et qu'il y a toujours des bottes de paille prêtes à être enrubannées de plastique vert d'eau, derrière la voie ferrée, juste après le ruisseau, l'après-midi. Et puis que personne n'a arraché les arbres du vieux qui vivait en face de chez nous à sa mort, après avoir fait écrouler sa grange et tous les petits chats qui dormaient à l'intérieur en fin d'après-midi.

« Soso, les arbres crient.

– Pourquoi ils arrachent les arbres ?

– Et pourquoi ils tuent les chats ?

– Les racines crient quand elles sortent de la terre.

– J'entends les arbres crier moi aussi.

– Ça tire les cheveux des arbres.

– Et ça les bute.

– Comme les chats, butés. »

Nous sommes arrivés au début de l'aube rose (et bleue) devant une maison couleur saumon dans une voiture qui s'appelait Laguna. Une Laguna délavée qui n'avait rien d'un paradis turquoise au sable blanc.

« C'est pas Six-Fours-les-Plages ici.

– Non, ça s'appelle Volgelbach.

– V-O-G-E-L-B-A-C-H.

– Ça fait beaucoup de lettres.

– Mamie a des abricots, tu en veux ?

– J'en prends si t'en prends. »

Il n'y avait pas de parasol dans le coffre, je n'avais pas mon paréo, et dans la rue du Ruisseau dans laquelle on venait de se garer il n'y avait aucun palmier. De la lagune que promettait le nom de la voiture de mes grands-parents il ne restait que les serviettes en éponge râpeuse qui recouvraient les sièges. Madeleine, ma grand-mère, disait : « On les protège pour la vente » et puisque la voiture était neuve, je ne comprenais pas très bien. Ma mère, elle, disait : « C'est une affaire de grands-parents » et ça, je le comprenais mieux.

Tout paraissait mou et sans consistance.

« T'es molle comme un mollard.

– Pourquoi t'es méchante avec moi ?

– Parce que j'en ai marre de mon abricot. »

Mais c'était peut-être dû à l'heure.

Ou à la lumière rose.

La maison rose.

« Pourquoi on dit “rose saumon” ?

– À cause du saumon fumé.

– J’espère que ça sent bon à l’intérieur.

– Il faudra bien aérer.

– Ça va sentir le poisson ?

– Je ne crois pas. »

Le foulard rose de Madeleine.

La tache de naissance dans mon cou.

L’unique oreille de ma mère.

On aurait dit cette fille en jupon sur son escarpolette dans le tableau de Fragonard. La rue était pleine de fleurs, de pommiers, de lilas et la maison, elle, avait l’air de se balancer. Elle attendait qu’on entre.

Toutes les maisons de la rue du Ruisseau faisaient le triple des habitations qui peuplaient l’impasse des Jumelles dans laquelle nous avions vécu jusqu’alors. Tout était plus grand. La rue plus large. Les jardins plus vastes. Les chevaux des voisins. Les maisons de toutes les couleurs.

J’ai pensé souvent, ce jour-là, à la tapisserie de ma petite chambre que j’avais vidée la veille. Je bâillais.

« À quoi tu penses ? Tu me racontes un secret ? »

Ma tapisserie était bleue. Bleu égyptien peut-être. Ou peut-être bleu outremer. Et recouverte de petits poissons tropicaux. Ça j'en étais sûre, je les avais choisis moi-même, tous ces petits poissons. Je croisais les doigts. Si le destin faisait bien les choses, ma nouvelle chambre aurait peut-être la même tapisserie. Ou mieux, tous les murs de toute la maison.

« Un tout petit, tu me le chuchotes à l'oreille.
– Je sais pas quoi te raconter Numéro Bis.
– Aller, juste un s'te plaît !
– T'es pénible. »

André, qui était le mari de Madeleine et qui était aussi mon grand-père, ne fumait plus, mais j'ai l'impression de l'avoir vu s'en griller une au moment où il est sorti de la voiture. J'ai l'impression de le voir sortir sa boîte d'allumettes devant ce qu'il disait être « la nouvelle maison de mes parents ».

« Ici les maisons sont toutes seules.
– Elles ont pas de sœur.
– Les maisons ont des sœurs ?
– Oui. Et quelquefois des frères, des familles. »

Je mimais une toux exagérée en chassant le petit nuage de fumée autour de lui. Ma petite sœur fronçait les sourcils avec moi.

« Ça pue papi ! Ta cigarette, ça pue.
– Ça pue à mort.

– Comment est-ce que tu parles ?

– C'est Jimmy qui dit ça “à mort”. »

– Ça n'est pas joli dans la bouche d'une petite fille.

– C'est plus joli dans la bouche d'un petit garçon ? »

Le camion de déménagement était arrivé peu de temps après nous. Sur l'autoroute nous demandions souvent : « Mamie est-ce que la maison nous suit toujours ? » Et ma grand-mère répondait : « Oui, papi voit le camion dans le rétroviseur. » Lorsqu'il s'est garé dans la cour, les gros hommes en T-shirt blanc qui conduisaient le camion ont ouvert les grandes portes du semi-remorque.

« Papi dit que c'est pas obligé d'être gros.

– Oui, je sais.

– Non mais, pour être un déménageur Soso.

– Oui, je sais.

– Tu voudrais être un déménageur toi ?

– Non, je ne crois pas.

– Déménager des maisons dans des gros camions…

– Tu trouves ça triste ?

– Je trouve ça original.

– J'ai une copine qui déménage tout le temps.

– Elle doit avoir beaucoup d'amis.

– Elle habite dans une caravane avec ses parents.
– C'est comme si c'était toujours les vacances. »

Toute la maison était dans le camion, même les deux canapés en cuir sapin. C'est pour dire que les déménageurs avaient vraiment réussi à tout mettre à l'intérieur. Tout, sauf les murs de la maison, donc ma tapisserie, et la cabane de jardin qu'on avait laissée à sa place, au numéro 5 de l'impasse des Jumelles, à deux cent trente-sept kilomètres, soit presque au bout du monde.

« On est loin de chez nous ?
– C'est ici chez vous maintenant.
– On a fait trois heures de route.
– Trois heures, un, deux, trois.
– Une heure, deux heures, trois heures.
– Trois heures de voiture et vroum. »

Mes parents m'avaient dit : « Tu vas te faire plein de petites copines blondes à l'école, tu vas voir. » Je me demandais comment Brigitte et Paul, qui comme moi venaient de faire deux cent trente-sept kilomètres pour venir rejoindre Vogelbach V-O-G-E-L-B-A-C-H, pouvaient connaître à l'avance la couleur des cheveux des filles d'ici.

« Si tu te fais pas de copine, tu m'auras moi.
– Toi t'es pas ma copine, t'es ma sœur.
– Je peux jouer la comédie.

– Toi tu mords encore, t'es un bébé.
– Je faisais ça avant, maintenant j'ai arrêté. »

Au moment d'ouvrir la porte de ce drôle de bâtiment qui était désormais ma salle de classe, j'ai été épatée des connaissances sociologiques de mes parents. Évidemment, je ne m'étais pas dit « sociologique » à ce moment-là. Je leur attribuais plutôt des dons de voyance, quelque chose de l'ordre de la magie. À l'est, et encore plus dans ce préfabriqué servant de salle de classe, les filles étaient toutes blondes. Toutes, à l'exception d'une. Moi.

Mariane, Florine, Anna, Margaux, Camille, Audrey. Toutes blondes comme les blés, ou plus blondes encore. C'était terrifiant. J'allais faire tache. Tache comme la tache de naissance dans mon cou.

L'institutrice a montré une place libre et j'ai repéré deux brunes au fond de la salle, l'une plus grande que toutes les filles et tous les garçons, avec les dents de devant un peu plus en avant que la moyenne, Léonie, et l'autre, plus petite que toutes les filles et tous les garçons, un poil plus potelée que la moyenne, Louise.

Je me disais qu'avec ma tache dans le cou et bien que je n'aie pas une taille particulière je me sentirais tout de même mieux qu'au milieu de tous ces sourcils transparents et ces grands yeux couleur ciel, couleur tapisserie sans petits poissons tropicaux.

« Elles sont blondes comment alors ?

– Les filles de ma classe ?

– Oui ! Comme moi ou plus plat ?

– Elles n'ont pas toutes les cheveux lisses.

– Mais elles sont toutes blondes ?

– Presque toutes oui. »

Ça n'expliquait pas grand-chose mais c'était un fait, ici possédait un pourcentage de filles aux cheveux couleur botte de foin plus élevé qu'ailleurs. Plus élevé que là où nous étions avant.

« Je suis trop petite ici pour aller à l'école.

– Je sais Numéro Bis.

– Ils veulent pas de moi alors on reste là.

– Maman est avec toi.

– Tu crois que je parle pas assez bien ?

– T'es petite, mais tu parles très bien.

– Je veux aller à l'école.

– Tu iras bientôt. »

*

À midi ici, quand le soleil est impérial et comme partout je crois est à peu près à son zénith, les vieux tout seuls passent la tondeuse au moment où les jeunes familles se mettent à table ensemble. Cela crée quelques disputes de voisinage, même si les odeurs d'herbe tondue et de barbecue se mêlent très bien.

« Il devient fou.
– Le vieux ou papa ?
– Il a dit qu'il le faisait exprès.
– Mais qui ? Papa ou le vieux ?
– Le vieux ! Il fait exprès de tondre à midi pile.
– Donc c'est papa qui devient fou.
– Oui, maman dit : "Ton père va être fou."
– Moi j'aime bien le bruit de la tondeuse.
– C'est vrai, l'herbe et les saucisses ça sent bon.
– Et avec le bruit ça fait du bien. »

Il faut en moyenne dix ans pour quelqu'un de « la France de l'intérieur » pour être sympathique à la vue des membres d'un village de « la France de l'extérieur ».

Après cela vous êtes potentiellement quelqu'un qui fait partie du paysage. C'est à ce moment-là que les gens ont commencé à nous dire bonjour.

« Tu exagères.
– C'est une copine qui me l'a dit.
– Les voisins nous disent bonjour.
– Et ils nous offrent des cerises. »

Lors d'un repas, un type roux natif du village dit à mon père : « Le plus dur, c'est les dix premières années. » Pendant les dix premières années, nous avons ainsi été « les nouveaux de la rue du Ruisseau » et nous vivions non pas dans la maison de mes parents, mais dans « l'ancienne maison saumon des Suisses allemands ».

À sept ans et demi, marchant le long des rues qui bordent ma maison, j'eus quelques regrets que les ombres aient fait le choix de ne pas retranscrire du tout les motifs quadrillés des bâtisses.

« On dirait la chemise de papa.

– Les quadrillages en bois sur les murs ?

– Oui ! Ici, papa va se sentir bien. »

Plus tard, en découvrant Mondrian, je me suis demandé s'il était alsacien ou s'il avait eu une maison comme celle de mon village. Je me demandais aussi pourquoi à deux cent trente-sept kilomètres seulement de l'impasse des Jumelles nous étions désormais à l'extérieur. Pourquoi les Alsaciens disaient-ils « France de l'extérieur » pour parler de chez eux et « France de l'intérieur » pour tout le reste du pays ? Je n'avais pas posé la question. Mon père souligna que le début de la France de l'intérieur était le Territoire de Belfort. Et à ce moment-là, je me souviens de m'être dit comme ça, juste pour moi et pour la première fois : « Ah bon » et aussi, sans n'en dire mot à qui que ce soit, m'être demandé un nombre incalculable de fois : « À l'extérieur de quoi on se trouve exactement ? »

Mme Violette, la voisine, a teint ses cheveux blancs pour les assortir à son prénom, et sans le savoir les assortir aussi à la glycine de notre petite maison de l'impasse des Jumelles.

« Comme les fleurs, les violettes Soso.

– Il faut glisser dans la piscine !

– Oui, oui...

– Et pas pisser dans la glycine ! »

Franz, le voisin aux cheveux gomme-gutte qui vit en face de chez nous, redresse sa maison avec de gros troncs d'arbres. À l'époque, la maison était encore verte.

« C'est lourd, regarde, il a invité les déménageurs.

– Quand on sait déménager des maisons on peut savoir aussi les remettre bien droites avec des gros troncs d'arbres, il y a sûrement une école pour apprendre ça.

– Une école pour redresser les colombages ?

– La même école que pour déboucher les siphons. »

Il nous avait dit : « Elle penche un peu trop, ça arrive avec ce genre de baraque, mais avec un peu de temps et de l'huile de coude, on peut tout remettre d'aplomb ! » Moi je me suis dit pour la deuxième, ou peut-être pour la dixième fois : « Ah bon. » Et je me suis dit aussi, de nouveau, que la France de l'extérieur était un drôle de pays, mais sans le dire à personne, comme d'habitude.

« Mamie dit que Soso fait des mystères.

– Tais-toi la crevette !

– T'es méchante, ça pue la crevette. »

Après avoir refait la toiture, Franz a déposé un petit conifère sur la cime de la bâtisse « pour prévenir que la fin des travaux est proche ! » Ça s'appelle un bouquet final, sauf que la maison n'explose pas comme un feu d'artifice.

« Il aurait dû lui mettre des boules et des guirlandes de Noël qui clignotent comme les boîtes de nuit !

– Mais avec les éclairs, ça pourrait tout faire péter.

– Moi j'adore tout casser, mais ne le dis à personne.

– Je sais, tu fais exploser les corbeaux morts.

– Comment tu sais ça ?

– J'écoute les portes.

– Aux portes.

– T'as volé les pétards au Miniprix.

– Tais-toi.

– Et t'as fait péter les corbeaux sous le pont.

– Ils étaient déjà morts, ils avaient la grippe aviaire.

– T'as quand même foutu des plumes partout.

– T'as entendu ça où ?

– J'ai les oreilles qui traînent par terre.

– On dit : "Les oreilles qui traînent" tout court.

– C'est pareil tout court ou par terre. »

Je ne sais pas si toutes ces histoires de bois, de troncs, de poutres, de petits conifères et de maisons à colombages ont un rapport avec cela mais plus tard le fils de Franz, Thibault, qui lui est plutôt blond vénitien, devient bûcheron. Il déplace très souvent du bois dans une remorque, tirée par un tracteur rouge qu'il gare sur sa pelouse, devant sa maison désormais bleue. Je remarque que l'achat d'un tracteur, même petit, aurait considérablement facilité l'insertion de mes parents dans le village.

Ma voix prend de temps à autre les couleurs de l'accent de l'extérieur.

Avant mes dix ans, je connais plus d'une dizaine de personnes possédant un tracteur. Certains de mes camarades de classe en conduisent déjà.

« C'est très pratique un tracteur.

– Pourquoi ils en ont ici, et pas là-bas ?

– On devrait acheter un tracteur à Thierry.

– Et à Éric, pour les pétards du Miniprix.

– On leur enverra par la poste, le tracteur. »

Un petit camion passe dans la rue en klaxonnant.

« Des pièces pour les pains au choc' !

– Papa ! S'il vous plaît, monsieur…

– C'est l'heure du p'tit dèj' ! »

Je regarde le petit camion par une des petites fenêtres de ma grande maison. Le camion du boulanger passe tous les jours.

« Et pour les frites au micro-ondes ?

– Le vendeur de produits surgelés va passer !

– Papa ! S'il vous plaît, monsieur, je t'aime, des frites !

– Tu t'arrêtes jamais ?

– Je vais te faire des morsures. »

Ici, il y a des petits camions pour à peu près tout : les livres, les pizzas, les échelles, les légumes, les poissons, les poubelles, la boulangerie, les produits surgelés, les animaux morts, les ramasseurs de ferraille, et même la coiffeuse à domicile. Mon père dit qu'ici on a quinze ans de retard, et que c'est pas plus mal.

J'ai désormais un vélo orange-mandarine, le même orange-mandarine à peu de chose près que le tracteur du cantonnier. Il a un panier accroché devant et je gagne un concours de poésie.

Dans mon poème (celui qui remporte le concours), je parle de mon premier vélo sans petit panier accroché devant. Un petit vélo sans roulettes, rouge tomate, rouge comme le tracteur du voisin d'en face et je parle aussi de son utilisation dans l'impasse des Jumelles.

« Je me souviens pas bien.

– T'étais trop petite, c'est pas grave.

– Je voudrais me souvenir d'avant.

– Avant qu'on déménage ?

– Avant que je sois née.

– C'est pas possible Bis.

– Oui mais souvent vous dites : "C'est parce que tu n'étais pas née", alors j'essaie de me souvenir.

– Tu te souviens de l'impasse des Jumelles ?

– Non, j'étais pas née.

– Si, je te l'assure.

– Je suis née là-bas ?

– Pas très loin, dans la ville d'à côté.

– Je me souviens vraiment mal de ma naissance, ça me noue la tête. Le temps me noue le cerveau. Tu me montres des photos d'avant ? »

Il y avait trois maisons dans la petite impasse des Jumelles dans laquelle nous vivions, chacune divisée en deux. Des maisons jumelées. Elles auraient pu être nommées aussi : les maisons siamoises ou juste les maisons. Mais il avait été décidé qu'elles s'appelleraient les maisons jumelées. Et c'est pour ça que l'impasse portait ce nom-là.

« Ici, les maisons ont pas de frères ou de sœurs.

– Ici, elles ont des granges à foin.

– On peut dire qu'elles ont des chats puisqu'elles n'ont pas de sœurs jumelles ?

– Les granges ont des petits chats dans leur ventre, mais elles n'ont pas de sœurs collées par la joue.

– Le mur entre les deux, c'est la joue ?

– Oui, c'est ça.

– S'il y a une autre maison collée c'est une sœur, comme dans l'impasse des Jumelles ?

– Oui, c'est ça.

– Et s'il y a une grange c'est des chats ?

– Oui parce que c'est là qu'ils font dodo.

– C'est déjà bien pour une maison d'avoir des chats, si on a pas une maison-sœur. »

Dans l'impasse, toutes les maisons étaient blanches. Blanc cassé. Les maisons étaient en bon état parce qu'il s'agissait de maisons récentes.

Ici, à l'est, dans la rue du Ruisseau, les maisons sont aussi en bon état, mes parents disent que ce sont de très vieilles maisons mais qu'elles sont en bon état parce qu'il faut préserver le patrimoine.

Je ne savais pas très bien ce qu'était le patrimoine, mais je trouvais que c'était une bonne idée que les maisons ici ne soient pas toutes blanc cassé, plutôt colorées et en bon état.

« Ici tout le monde pense que c'est normal les maisons colorées, mais non, ailleurs non.

– Pas partout en tout cas.

– Même s'il y a les volets verts ou bleus quelquefois.

– Les murs n'ont pas de couleurs comme ici. »

★

À partir du moment où ma mère trouve du travail dans une entreprise qui fabrique des sièges de voiture et jusqu'à ce que nous n'en ayons plus besoin avec ma sœur, nous avons en tout trois nourrices. Leurs maisons étaient tour à tour, et dans l'ordre : bleu ciel, jaune citron et vert avocat. Elles possédaient toutes une balançoire.

Ici, à l'est, la nourrice est nommée « la gardienne ». Ainsi, dans l'ordre, nous avons trois gardiennes dont la première est boiteuse et méchante, la deuxième a les cheveux rouges et deux perruches et la troisième un mari peintre en bâtiment. C'est ce dernier qui propose de repeindre la maison saumon de mes parents de manière à l'assortir à la voiture et au sweat en polaire de mon père.

Ma mère pense que c'est une superidée, « une idée super ! ». Et puisque dans la rue il y a déjà du vert, du violet, du bleu, de l'orange et du rouge, on sera désormais les habitants propriétaires de la maison jaune mimosa aux volets coquelicot plutôt que les habitants de la maison saumon des Suisses allemands.

Coquelicot comme les fleurs dans les prés derrière la voie ferrée, juste après le ruisseau, jaune mimosa comme le soleil à midi quand on mange sur la terrasse.

« On fera des petits bouquets avec des pissenlits.

– Ce sera super.

– Oui mais ça pue les pissenlits. »

On adopte un petit chien noir qui mord tout le monde, dont le mollet du mari de notre nourrice qui est peintre en bâtiment et qui vit dans une maison vert avocat. Secrètement, je félicite le chien.

Le poisson rouge meurt.

Je pense aux poissons de ma tapisserie tropicale. Les choses s'entremêlent.

Mes seins poussent.

Les cheveux de mon père tombent.

Je prends le bus tous les matins.

« Tu savais que Maurice devait s'appeler Delphine ?

– Maurice le collègue de papa ?

– Non, Maurice le poisson !

– Il devait s'appeler comme tatie Delphine ?
– Oui mais papa a dit qu'elle ne serait pas contente.
– De s'appeler Maurice ?
– Mais non, que le poisson s'appelle comme elle.
– Moi je serais supercontente.
– Contente qu'un poisson rouge ait ton nom ?
– Non, de m'appeler Maurice. »

Mon père est à la chaîne de peinture d'une entreprise qui peint des morceaux de plastique servant d'amortisseur sur les voitures en cas d'accident.

Quand on est arrivés ici les gens croyaient que mon père était facteur à cause de la couleur de son véhicule.

Solène Garnier, 24 ans, Mulhouse, France.

Solène Garnier est diplômée du master de création littéraire du Havre ainsi que d'un DNA à l'école nationale d'art de Bourges. Elle ne se donne aucune limite dans les genres qu'elle exploite et aime mélanger ces derniers. Elle a notamment écrit une pièce de théâtre radiophonique jouée à quatre voix à la radio étudiante de l'école d'art de Bourges. Elle a également écrit un livre hybride entre théâtre, roman et poésie qui se nomme *Télédidascalie*. Ses écrivains favoris sont Olivier Cadiot, Anne F. Garréta, Charles Pennequin, mais également Ryōko Sekiguchi, Christine Montalbetti et Olivia Rosenthal.

Solène a été parrainée
par Dominique FABRE

Autobiographie

Lisa Hazan

1 – Les Worli

M. et Mme Worli ont fêté leurs trente ans de mariage par un divorce. Ils ont partagé leurs biens en deux et chacun est reparti avec la moitié du cœur de l'autre.

Mme Worli a enterré sa vie de mariée en pleurant beaucoup. Le chagrin lui a fait perdre la notion du temps et elle est retournée chaque mois de chaque instant sur la tombe de ses beaux jours.

Les souvenirs la tenaillaient parce qu'elle avait beaucoup aimé. Parfois, son fils venait la consoler : « Maman, enterrer d'autres périodes que sa vie de jeune fille, c'est la preuve qu'on a continué à vivre. » À cela elle souriait tristement. Elle lui disait : « Tu seras un écrivain » et son fils était content parce qu'il adorait écrire.

Puis Worli sortait prendre l'air, voir autre chose que son chagrin. Tout en marchant, elle caressait la moitié de cœur laissée par son ancien mari. Et elle se disait que mine de rien, la vie était jolie.

M. Worli, lui, n'enterra rien du tout et ne fit pas son deuil. Il en était encore à fêter les trente ans de mariage. La tristesse pourrait venir plus tard, il s'octroyait le droit de la faire patienter. Il espérait qu'à force elle en oublierait d'arriver.

Comme il le racontait à tout le monde, vivre une rupture à son âge le rajeunissait. C'était un nouveau départ, une aventure, une péripétie dans sa vie d'adulte. Et puis son divorce avait été si émouvant, digne des plus grands films ! Même la juge avait pleuré, parce que dans cette histoire il n'y avait pas de justice.

Surtout, il restait à M. Worli son fils. Ce dernier était la preuve que dans la vie rien ne finissait, tout n'était qu'une suite... Aujourd'hui n'effacerait jamais les bonheurs d'hier. Et demain viendrait toujours, même après les pires tristesses.

2 – Missli

Missli travaillait beaucoup et très dur, elle n'avait ni mari, ni enfants, ni amis. Elle ne gagnait pas beaucoup non plus. À peine le Smic.

Elle était étrangère et ne connaissait pas la langue du pays. Cela l'arrangeait bien, il y avait longtemps qu'elle n'avait plus rien à dire.

Missli ne racontait jamais sa vie, mais il lui arrivait de parler de son existence. Elle avait trente ans, elle venait de loin, elle espérait une vie meilleure ici. Prise par le travail, elle n'avait pas eu le temps de savoir si elle y était parvenue.

Objectivement, elle ne manquait de rien, elle avait un toit et de la nourriture. Mais pour combler les besoins vitaux, il manquait l'amour. Et subjectivement, c'était tout.

Parce qu'elle était triste, elle travaillait du matin au soir, sans se laisser le temps de penser. Quand la vie est irrespirable, il est vital d'oublier de respirer.

Ainsi elle se sentait moins coupable de ne pas apprendre le français ; elle avait une bonne raison, elle devait payer le loyer.

Mais si la majorité du temps sa douleur était anesthésiée, il y avait parfois Alex, son voisin, qui la faisait ressurgir. C'était un gosse, Alex, il ne savait pas ce qu'il faisait. Il se contentait de lui souhaiter « bonjour » en espérant sincèrement qu'elle passe un bon jour.

C'était suffisant pour créer des pensées.

Un jour, Missli prit son courage à deux mains et parla au jeune homme. Elle demanda : « Comment vous allez ? » Il répondit : « Bien et vous ? »

Elle ne sut pas quoi répondre. Il crut que c'était à cause de la langue et il répéta en mimant : « Comment vous allez ? »

Mais elle était déjà partie.

Alors seulement il comprit.

3 – Suzie

Suzie vivait ce que la majorité des gens appelait « les plus belles années de la vie » et cela l'effrayait beaucoup pour la suite. Ces années n'étaient pas belles, elle était trop perdue pour en profiter.

Elle était incapable d'aimer son petit ami, pourtant beau et gentil, et elle ne se sentait pas attirée par les filles. Elle voulait s'ouvrir toutes les portes en ayant le bac, mais ne pas se fermer celle d'une vie bohème en l'obtenant.

Elle avait l'impression que tout contrastait, que chaque décision empêcherait une autre, peut-être meilleure, de se réaliser.

Pour relâcher sa tête, Suzie allait aux fêtes. Elle se soûlait de danse. Quand il était tôt le matin, que ses jambes étaient douloureuses, qu'elle était fatiguée de s'être dépensée... alors seulement elle était bien.

Les fêtes étaient une parenthèse dans la vie, durant laquelle plus rien n'avait d'importance. Chacun était libre, plus personne ne jugeait et demain était si lointain que personne ne s'en préoccupait.

Mais les fêtes finies, la parenthèse se refermait. La vie continuait et les problèmes revenaient. Ils étaient petits, évidemment. À son âge c'étaient des mauvaises notes, des disputes avec les amis, avec les parents, trouver sa place, penser à plus tard, savoir quelle vie lui plairait...

Mais ils étaient si terribles et si nombreux que Suzie avait l'impression d'étouffer.

Son petit ami, souvent, la prenait dans ses bras. Il lui disait des paroles réconfortantes, lui demandait de faire les choses simplement.

« Fais comme tu le sens. Si tu aimes photographier, photographie. Si tu veux être amie avec quelqu'un, parle-lui. Si tu veux voyager, voyage... »

Il finissait presque en pleurant.

« Et si tu ne parviens pas à m'aimer, quitte-moi. »

À ces mots, Suzie l'embrassait. Même si cela lui faisait honte, elle restait compliquée.

4 – Jonathan

Vendredi matin, Jonathan arriva chez son psychologue en hurlant :

« Je suis fou amoureux !

– Alors on va vous interner.

– C'est une façon de parler, rigola le jeune homme. Je ne suis pas amoureux.

– Ouf, vous m'avez fait peur. »

Le psychologue de Jonathan était fou et c'était souvent le garçon qui tenait les mouchoirs. Cela ne l'empêchait pas d'être celui qui payait, mais il s'en moquait, il s'était lié d'amitié avec ce drôle d'homme.

« Mon père m'a dit, annonça Jonathan, que les psys sont les gens avec le plus de problèmes.

– Évidemment, il faut bien qu'ils aient de l'expérience. »

Et sans crier gare, l'homme déballa son CV. Il en avait eu, des problèmes, le pauvre psy ! Son père était mort, sa femme l'avait quitté, son fils avait coupé les ponts… Cela enthousiasma le garçon.

« Vous devez être un psychologue extraordinaire !

– J'aurais même pu être psychiatre, se vanta l'homme. Mais j'ai échoué exprès pour alimenter encore plus mon CV. »

Puis ce fut à Jonathan de parler. Tout le monde croyait qu'il était fou parce qu'il était différent.

« Les gens ne comprennent pas que je puisse être heureux dans un monde si ennuyeux ! Je m'habille coloré quand tout le monde est en noir et je danse partout, même quand il pleut.

– C'est une jolie folie.

– Je demande l'aumône aux pauvres pour qu'ils se sentent importants. Et je ne fais jamais le premier pas pour l'égalité des sexes.

– Vous êtes quelqu'un d'ouvert. »

Le jeune homme réfléchit quelques instants :

« En réalité, le seul qui ne me trouve pas fou, c'est mon ami Alex. C'est parce qu'il est lui-même bizarre. Il paraît que petit il s'endormait aux jeux d'éveil. Il aime écrire... C'est un artiste je crois.

– Emmenez-le-moi, on guérira ça. »

5 – Lou

Dès sa naissance, ses parents surent que Lou était différente. Elle écarquillait grand les yeux, alors qu'il n'y avait pas tant à voir.

La fille était constamment ailleurs, dans un autre monde. Même quand ses parents lui accrochaient des poids aux pieds, sa tête restait en l'air. Ils avaient beau la guider, elle perdait le nord pour être à l'ouest. Elle parlait avec les yeux au lieu de la bouche et les dictionnaires de langue n'y changeaient rien. Ses parents avaient fait appel à tous les médecins pour la traduire, mais c'était peine perdue. Leur fille était à part, il fallait s'y résoudre.

Ils la comblèrent d'amour et tentèrent de la comprendre. Ils détectèrent sa tristesse, sa colère et sa joie. Petit à petit, ils parvinrent à saisir ses autres sentiments.

À mesure qu'ils parlaient son langage, ses parents découvraient la beauté de sa différence. Leur Lou était une perle rare, un trésor qu'ils chérissaient de plus en plus.

Un jour, les parents oublièrent que leur fille était à part. Ils la laissèrent à un baby-sitter, comme si elle avait été une enfant normale.

Ils le prévinrent tout de même qu'elle parlait une autre langue. Le baby-sitter répondit qu'il était bilingue en langage des sentiments.

Lorsque les parents revinrent, ils entendirent de la musique. Lou était assise au piano. Chacune de ses pensées s'envolait sous forme de notes. Le tout créait une mélodie qui racontait ce qu'elle ne savait pas dire. Les parents eurent les larmes aux yeux. Pour la première fois, ils entendaient leur fille.

Ils se tournèrent vers le baby-sitter. Comment l'avait-il fait communiquer alors que les plus grands médecins n'y étaient pas arrivés ?

Le jeune homme haussa les épaules : « Les médecins sont terre à terre alors qu'elle est dans les airs. Moi je suis écrivain, ça se rapproche de sa planète. »

Dès lors, ses parents payèrent à Lou un professeur de piano. Il se révéla être un excellent traducteur. Quant au baby-sitter, il revint souvent. Il avait une jolie manière de s'occuper de leur enfant.

6 – Mernard

M. Mernard était comédien. Mais comme il traversait une phase d'entracte, il était aussi professeur de théâtre.

Il enseignait la comédie d'une manière bien triste. Il n'y mettait pas le cœur ; il n'était ni heureux d'être professeur ni heureux de ses élèves.

Ces derniers n'étaient là que pour rire, se divertir et massacrer les plus belles pièces jamais écrites. Ils faisaient des parodies mauvaises de ce qu'ils avaient vu, et M. Mernard leur rabâchait sans cesse : « Soyez dans le vrai ! Le vrai, bon sang ! »

Mais à cet âge, les jeunes étaient menteurs. Ils ne connaissaient pas le vrai, ou ils en avaient honte.

Alors ils trichaient, comme à l'école. Ils recopiaient les grands acteurs, comme l'on recopie le premier de la classe.

« Vous êtes jaloux parce qu'on ne vous recopie pas vous », lui dit un jour un élève.

C'était insolent parce qu'il n'avait pas tort.

M. Mernard aurait aimé être un grand acteur, admiré et recopié. Il aurait voulu que les gosses s'endorment en rêvant de le rencontrer.

Il fut un temps, il avait eu le courage de sortir des coulisses. Il était monté sur scène et s'était offert tout entier. Il avait partagé avec le public son cœur, ses peines, ses joies, ses bons côtés et ses mauvais. Mais malgré sa persévérance, le rideau ne s'était jamais levé et M. Mernard était resté dans l'ombre, caché du succès.

Il y a six ans, il était retourné en coulisses. Il y avait obtenu le rôle de sa vie : professeur de théâtre. Un rôle de figurant, comme il y en avait tant, qui le désespérait chaque jour un peu plus.

« Le problème, remarqua l'élève insolent, c'est que vous enseignez le jeu théâtral en étant mauvais perdant. Acceptez d'être professeur et apportez de la profondeur à votre personnage. Peut-être que de figurant, il deviendra second rôle. Et peut-être même qu'un jour, il sera le rôle principal. »

C'était dit avec beaucoup de gentillesse, comme un conseil d'ami. Et si M. Mernard gronda l'élève pour son manque de respect, il l'écouta tout de même et fit de grands progrès.

En quelques mois, il devint personnage secondaire dans un roman de vie. Et l'année qui suivit, il décrocha un rôle dans un film.

7 – Torno

L'Oubli est une terrible maladie pour les vieux, surtout quand c'est la famille qui en souffre.

M. Torno n'avait pas vu la sienne depuis longtemps.

En maison de retraite, ses journées s'éternisaient. Le soleil était insomniaque, il ne se couchait jamais.

Pour s'occuper, M. Torno lisait. Dans cet endroit, seuls les bouquins avaient quelque chose à raconter. Il passait du bon temps auprès des personnages. Contrairement aux autres vieux de la maison, il pouvait se vanter de ressentir encore des choses. Parfois, il riait seul et tout le monde le regardait bizarrement. Les infirmiers surtout avaient peur qu'il devienne fou.

« Je vais bien, je vais bien ! s'écriait-il. C'est ce livre, il est si drôle ! »

Il était sûrement fou d'ailleurs, mais quand on est vieux on peut se le permettre.

Une fois, il voulut organiser son propre enterrement. Il appela un traiteur et prépara des invitations à envoyer à toute sa famille.

« Mais vous n'êtes pas mort, remarqua un infirmier.

– Vous vous attachez à des futilités. Pas besoin de mourir pour un simple repas de famille.

– Mais le principe d'un enterrement…

– C'est de regrouper les gens.

– Vous allez commander un croque-mort ?

– Non, je penche plutôt pour des croque-messieurs.

– Et des pleureuses ?

– Je connais un meilleur orchestre. »

L'infirmier laissa tomber et partit.

Quant à Torno, il renonça aussi à son enterrement. Si sa famille ne venait pas, il mourrait pour de bon cette fois.

Heureusement, dans cette petite maison de retraite, il y avait les bénévoles. Ils venaient une fois par semaine leur faire faire de l'exercice.

Lorsque Alex arriva, Torno sauta de joie :

« Alex ! Vous êtes la béquille de ma boiteuse journée ! »

Le garçon ne connaissait pas beaucoup Baudelaire, mais il apprécia le compliment.

« Aujourd'hui je vous apprends à faire des roues arrière avec votre fauteuil », annonça-t-il.

Ce n'était pas le genre d'exercices que les infirmiers encourageaient, mais Torno s'en amusait tellement qu'ils laissaient faire.

Alex poussa le vieil homme tout en lui parlant de son projet de devenir écrivain. Torno resta un instant songeur puis se tourna vers lui.

« Mettez-vous devant moi, demanda-t-il, que je vous regarde. »

Alex obéit et le vieillard le zieuta.

Au premier abord, Alex était un garçon normal : cheveux bruns, yeux noisette, taille moyenne, poids banal. Mais avec un œil vieux de quatre-vingt-cinq années, on pouvait apercevoir la rêverie qui émanait de son corps. Il y avait un filtre dans ses yeux, comme s'il voyait la jeune femme dans son corps de vieille femme. Comme s'il voyait l'amour dans les gens qui s'embrouillaient. Comme s'il voyait la vie dans une maison de retraite.

Torno hocha la tête.

« Alex, vous serez un grand auteur. Vous écrirez *Les Misérables* ! »

Le garçon soupira. Il s'attendait à meilleur compliment.

« Vous n'êtes pas content ?

– C'est juste que... écrire la vie de misérables en appelant le livre *Les Misérables*, ce n'est pas si grandiose. Normalement on n'appelle pas un chat un chat quand on est écrivain. »

Un peu décontenancé, Torno proposa :

« Alors vous écrirez *La Vie devant soi.*

– Non plus, c'est déjà suffisamment éprouvant rien qu'en le lisant.

– Alors... chercha Torno.

– Monsieur, le coupa Alex, j'écrirai ma vie. Mon autobiographie. »

Torno hésita parce qu'on ne peut pas critiquer la vie d'une personne, mais il finit par demander :

« Vous êtes certain... Que le livre ne sera pas trop court ? »

Alex haussa les épaules. Ce serait sûrement court, il n'avait pas une grande vie. Mais enfin, on écrit avec ce que l'on a. Lui, il avait des parents qui divorçaient, une voisine du dessus sans personne, une petite amie qui n'arrivait pas à l'aimer, un ami qui consolait un psy taré, une fille à part qu'il gardait, un professeur mauvais et enfin ce vieil homme oublié.

Le monde d'Alex n'était pas grand-chose. Mais pas grand-chose, c'est toujours un petit quelque chose à raconter.

Alex écrivit donc son autobiographie. Et tout compte fait, il s'inspira de Victor Hugo pour le titre.

Lisa Hazan, 18 ans, Tel-Aviv, Israël, nationalité israélienne.

Lisa Hazan est une jeune bachelière qui s'apprête à effectuer son service militaire dans l'armée israélienne. Elle participe, sur son temps libre, à des ateliers d'écriture et se passionne pour le cinéma, le théâtre, la photographie et la boxe thaïe. Ses auteurs préférés sont Marie-Aude Murail, Timothée de Fombelle et Romain Gary.

Lisa a été parrainée
par Sami TCHAK

Quand est-ce qu'on arrive ?

Alexandre Meyer

L'air est froid et les transperce de part en part. Ils grelottent. Leurs dents s'entrechoquent. Combien de claquements de mâchoire faut-il pour qu'elles s'ébrèchent, qu'elles se fendent en deux et que l'émail se désagrège ?

Ils me regardent et je lis dans leurs yeux qu'ils ont peur. Je suis habitué à inspirer la terreur, je n'y peux rien, c'est ainsi : je suis le passeur.

À leurs regards, je comprends qu'ils n'avaient encore jamais vu la mer. Sans doute y avaient-ils déjà goûté au travers de leurs larmes. Mais cette étendue immense que le regard ne peut saisir d'un coup – désert de vagues et de dunes salées – jamais ils ne l'avaient vue. Je lis ce vertige dans leurs yeux grands ouverts quand ils me regardent, encore étonnés de se retrouver là. À quoi s'attendaient-ils ? Je sens glisser sur moi leurs regards anxieux. Ils me regardent et je lis dans leurs yeux qu'ils ont peur.

L'air est froid et les transperce de part en part. Je suis le passeur.

★

Tu n'as encore jamais vu la mer. Tu n'as fait qu'y goûter au travers de tes larmes.

Tu attends le passeur. Vous êtes une centaine, peut-être plus, tu ne sais pas. La file est immense. Les uns derrière les autres, vous attendez. Il fait froid. Par-dessus l'épaule de l'homme devant toi, tu aperçois un coin de mer. Tu écoutes le halètement lointain du ressac et, comme un écho, ton souffle haletant. Tu as peur, ta respiration est rapide. Ton souffle court et toi derrière, pour le rattraper.

L'hiver se retire à peine : la traversée est encore dangereuse mais tu ne veux plus attendre. Alors tout va se jouer cette nuit, et ton existence semble s'être comprimée dans ces quelques heures à venir, ces quelques kilomètres qu'il te reste à traverser. Le désert n'était rien.

La file avance et, maintenant, tu vois la mer tout entière. Tu sens la peur faire nid dans ton ventre. Tu trembles. Pour te calmer, tu écoutes la respiration des vagues. Leur mélodie est monotone. Elle se répète sans cesse, rivalisant avec son propre écho – l'extrême inverse de la fugue.

Mais le bruit de la mer ne te calme pas. D'autres bruits sont là, derrière le lobe de ton oreille, hors de ton champ de vision mais pourtant bien présents. Tu fermes les yeux. Les bruits sont palpables, épais, contondants. Tu as beau frotter l'arrière de ton crâne, rien n'y fait. Ils sont là, cachés dans tes cheveux. Il faudra que tu les coupes bien ras. Les bruits ne te quittent pas. Les explosions sourdes des mortiers et celles, éparses et sifflantes, des fusils M16. Le silence te manque.

Au loin, le soleil se couche à l'horizon mais tu n'as pas sommeil. En contrebas de la dune, un enfant s'impatiente : « Quand est-ce qu'on arrive ? »

★

Ils attendent et la file s'étend plus loin que mes yeux ne portent. Un à un, ils s'avancent, me tendent la liasse de billets puis me regardent. Leurs yeux m'implorent de les laisser monter dans ma barque. Je froisse les billets, soupèse la liasse, compte et recompte les coupures. Non, ce n'est pas assez. Il faut plus. Le voyage est long et risqué. Il coûte cher.

Va-t'en ! Si tu n'as rien d'autre à me donner, tu ne passeras pas. Maintenant, va-t'en, disparais de ma vue et ne reviens qu'avec l'argent.

Je ne peux transiger. Seuls ceux qui paient peuvent monter, c'est la règle. Les autres restent de ce côté, ils errent sur le rivage, tentant leur chance à chaque départ. Mais je ne peux les laisser embarquer. Il faut payer. C'est la loi. Je ne peux faire d'exception, je suis le passeur.

⋆

Un bruit de moteur brise le silence de la nuit : tu lèves la tête. Tu aperçois l'ombre du passeur. L'embarcation vient s'échouer sur le sable, repoussée par les vagues. C'est un chalutier d'une dizaine de mètres, aux membrures rouillées et au calfatage sommaire. Vous vous levez et le sol, d'abord, semble se dérober sous tes pieds. Tu trébuches. L'eau et la voix du passeur sont glacées quand tu lui confies ton argent.

Bientôt, l'embarcation est remplie et vous partez. La terre s'éloigne. Maintenant, ton souffle est plus court et ta peur plus grande. Un enfant, à côté de toi, s'impatiente : « Quand est-ce qu'on arrive ? »

⋆

Des hommes montent sur la barque. D'autres se pressent autour, se poussent, se repoussent, s'invectivent. Les enfants en premier ! Ma voix les fait taire et ramène le silence.

La foule qui m'attend grandit de jour en jour. Chaque fois que je reviens de ce côté des eaux, j'ai l'impression que leur nombre a doublé. D'où viennent-ils ainsi, par grappes éparses et le regard perdu ? Ils ont enfilé des gilets de sauvetage qui miroitent dans la nuit. Certains tremblent, leurs habits sont trempés. Ils arrivent par centaines, par milliers, peut-être plus, j'ai renoncé à en tenir le compte. À quoi cela pourrait-il bien servir ? Je les fais traverser et c'est tout. Je suis le passeur.

Jamais je n'aurais pensé transporter autant de passagers. À chaque traversée, mon embarcation menace de couler tant elle est remplie. Hagards, ils grimpent sur le pont, s'entassent au fond de la cale. Maintenant, la barque est bondée, personne ne peut plus monter. Il faut partir. Repousser ceux qui veulent encore embarquer. Va-t'en. Je reviens. Attends-moi là, je ne serai pas long. Si tu as l'argent, tu pourras traverser. La terre s'éloigne maintenant et le courant nous emporte. Les passagers se tassent au fond de la cale, ils ne me lancent que des regards furtifs. Ils ne savent pas encore où je les emmène. Je conduis la barge. Je suis le passeur.

★

À présent, tu ne vois plus la terre. L'eau est partout autour de toi. Tu grelottes et tes dents s'entrechoquent. Alors tu mords le col de ta veste de peur qu'elles ne se brisent. Il n'y a pas de mot pour dire la peur. C'est une peur liquide qui s'infiltre partout, dévore ton esprit et ton corps.

Tu regardes autour de toi. La ligne vierge de l'horizon te contient tout entier. Ton regard anxieux cherche un repère – une terre, un rocher. Tu tournes la tête toujours plus loin sur le côté mais ton cou se bloque, juste avant que ton menton n'atteigne ton épaule. Ici, tout est gris. Les contours se sont estompés et il n'est rien pour discerner les vagues des nuages. Tout n'est que fracas, flux et reflux, sac et ressac.

La nuit a placé ses mains devant tes yeux. Tu scrutes l'eau quand même, la pupille dilatée. Tes yeux peinent à transpercer l'épaisseur de la nuit, ton regard s'arrête à mi-chemin entre toi et les eaux, englué par le noir. Tu sondes l'obscurité avec l'espoir qu'une terre émerge, telle une oasis au beau milieu d'un désert, une bande de terre dérivant au milieu de la mer.

L'horizon est vierge, la mer est un désert. Un enfant, à côté de toi, s'impatiente : « Quand est-ce qu'on arrive ? »

★

Ils ne me regardent plus, ils ont oublié jusqu'à ma présence, moi qui tout à l'heure leur inspirais tant de peur. Ils ont trouvé plus effrayant que moi, ils contemplent avec terreur l'eau qui les entoure, les encercle et les contient tout entiers.

J'ai abandonné le continent pour appartenir à l'eau. Je ne peux plus mettre pied à terre. Je ne suis que traversée. Je suis le passeur.

★

Le bateau a gagné la haute mer et les vagues se font plus grosses. Dans un incessant va-et-vient, le chalutier tape dans la vague. Le roulis te fait courber l'échine, comme si la mer voulait te soumettre. À chaque secousse, ta tête acquiesce.

Le tangage est insupportable. Tu n'oses plus lever la tête et tu préfères regarder les planches abîmées et vos pieds vermoulus.

Vous formez une masse indistincte. Les épaules se heurtent ; les corps se mêlent, se pressent, s'oppressent.

Dos contre dos, souffle contre souffle et les bras et les épaules s'entrechoquant et se repoussant à chaque instant. Un corps t'enserre. Sa peau se fond à la tienne et tu crains de ne plus parvenir à te décoller de lui. Tu ne sais plus si c'est toi qui trembles ou lui qui te fait trembler. L'humidité perle en gouttes froides.

Tu as l'impression que le voyage n'a pas de fin. Pourtant, tu sens le temps qui s'écoule, qui s'écoule vraiment, comme l'eau de mer sur ton visage trempé par les embruns. Les gouttes, aussi rondes que des secondes, ralentissent à l'aplomb de tes pommettes saillantes, puis dégringolent le long de ta joue jusqu'à l'arête de ta mâchoire. Le temps s'écoule, il s'écoule vraiment, tu le sens couler dans tes veines, comme le sang qui cogne à tes tempes.

Tu comptes les moutons sur les crêtes des vagues pour ne pas t'endormir.

À tes côtés, un enfant s'impatiente : « Quand est-ce qu'on arrive ? »

⋆

Le courant se fait plus fort et la barque est instable. Combien sont-ils ? Combien de corps alourdissent l'embarcation ? Combien sur le pont et combien d'autres dans la cale ? Combien d'enfants dans les bras de combien de mères ? Ils ne parlent pas, regardent autour d'eux, encore étonnés de se retrouver là. De temps à autre, ils me jettent de brefs regards inquiets. Je regarde au loin. Mais d'où viennent-ils, si nombreux ? Qu'importe, ces questions n'ont pas de sens, les voilà dans ma barque. Je ne peux rien pour eux. Je suis le passeur.

*

Panne. Le moteur s'est tu. Cris. Gémissements. Tu as peur. Odeur d'essence. Fumée. Tu tousses. Tu ne peux plus respirer. Tu voudrais fuir mais tu ne peux pas. D'autres corps t'enserrent.

Le bateau, ballotté par les vagues, ralentit et semble s'enfoncer dans la mer. L'embarcation vient juste de s'arrêter et la surface de l'eau cicatrise déjà de son sillage. La ride s'efface à jamais dans un vague remous. Tu as peur de disparaître comme elle. Tu penses : si nous coulons, personne ne le saura jamais, personne ne viendra nous chercher, personne ne s'en souviendra. Tu trembles. Tout est gris.

Privée de vitesse, l'embarcation commence à prendre l'eau. L'eau jaillit d'entre les planches vermoulues comme le sang d'une plaie. Les gémissements laissent place aux cris. À côté de toi, des hommes tentent d'écoper avec une bouteille en plastique. Des mains terrorisées agrippent ton bras. Les pleurs et les cris te saisissent à la gorge. Tu n'oses plus bouger de peur que l'embarcation ne chavire. Les vagues sont énormes. Ton regard affolé balaie la mer sans parvenir à en aplanir la surface. Tout est cri.

Tu as le cœur au bord des lèvres. Tu fermes précipitamment la bouche pour ne pas le laisser s'échapper, tu déglutis pour le ravaler, mais tu sens toujours son battement régulier dilater ta trachée. Les vagues se dressent jusqu'au ciel et des nuages déferlent sur toi. Il n'y a plus d'horizon. Tu es une masse inerte, roulée en boule. Dans un incessant va-et-vient, tu rebondis contre les autres. Les embruns cinglent ton visage, le sel dévore tes yeux. L'eau est partout.

Quand est-ce qu'on arrive ?

*

Nous sommes bientôt arrivés maintenant. L'eau est jaspée, marquetée, couleur de plomb. Les vagues sont dessinées au fusain. Clair-obscur. Je lève les yeux. Les nuages sont gris. J'observe la couleur du ciel.

Ils parlent doucement entre eux. Ils n'osent pas élever la voix. Un enfant chuchote : « Quand est-ce qu'on arrive ? » Il me regarde, encore étonné de se retrouver là, sur cette barque étrange. Il a enfilé un gilet de sauvetage et les bandes réfléchissantes miroitent faiblement. Ses cheveux sont mouillés. Quand est-ce qu'on arrive, dis, quand est-ce qu'on arrive ? Sa voix me transperce de part en part. Personne ne répond. Je me tais. J'observe la douleur du ciel. Je suis le passeur.

★

L'embarcation et tes pensées dérivent. Tu ne sais plus où tu en es dans le roulis incessant, gauche, droite, gauche, droite, droite, gauche, droite, gauche, gauche, tu perds le fil. Tes muscles sont endoloris, incapables de se tendre mais se tendant quand même.

Des paquets de mer te submergent. L'eau envahit ta bouche, s'engouffre dans ton nez, rampe le long de ton corps, détrempe tes vêtements et t'alourdit d'une pesanteur irrésistible. De loin en loin, tu crois voir la terre. Un homme crie : Terre ! Là-bas ! Chacun se penche pour tenter de l'apercevoir. La barque tangue dangereusement. Doucement, tu glisses. Tu perds l'équilibre. Les bras tendus, tu te raccroches à d'autres corps, agrippes leurs épaules. Mais ils glissent aussi. Le temps se bloque, il ne s'écoule plus, et soudain, c'est toi qui t'écoules, tu t'écoules vraiment.

À côté de toi, l'enfant s'est tu. Tout est noir.

*

« Quand est-ce qu'on arrive ? » L'enfant qui parle a les cheveux et les yeux mouillés. Il porte encore son gilet de sauvetage. Il aura été bien inutile mais qu'importe, il l'a gardé, pour se tenir chaud.

L'air est froid et les transperce de part en part. Ils grelottent. Leurs dents s'entrechoquent. Combien de claquements de mâchoire faut-il pour qu'elles s'ébrèchent, qu'elles se fendent en deux et que l'émail se désagrège ?

Entre deux claquements de dents, l'enfant répète : « Quand est-ce qu'on arrive ? » Je me tais. Je suis le passeur, je suis le Nocher du Styx, je suis Charon.

Alexandre Meyer, 21 ans, Antony, France.

Alexandre Meyer est étudiant en deuxième année d'école d'ingénieur. À côté de ses études scientifiques, il se passionne pour la littérature et pratique la natation et la course à pied. Avant d'envoyer son texte au Prix du Jeune Écrivain francophone, il avait déjà participé à plusieurs autres concours de nouvelles et de poésie. Il compte, parmi ses sources d'inspiration, des écrivains tels que Joseph Conrad,

Albert Camus, Romain Gary, Jack London mais aussi Sorj Chalandon ou encore Erri De Luca, parmi les auteurs contemporains.

Alexandre a été parrainé
par Georges-Olivier CHÂTEAUREYNAUD

Disparaître sous la broussaille de l'allée

Lisiane Rapin

Aujourd'hui, j'ai imaginé Voisine descendre l'allée la tête penchée en avant, la végétation dense tout autour, suivie par deux chats, elle a marché jusqu'au portail qu'elle fermait tous les soirs. Elle a sorti une clé minuscule, ouvert le cadenas du portail. Puis elle s'est postée devant la boîte aux lettres rouge. Je me suis demandé si elle pensait encore à la repeindre en bleu. Dans sa main bien serrée, elle tient maintenant un feuillet agrafé, le mien, celui qu'elle m'avait demandé un jour, parce qu'elle voulait lire ce que j'écrivais. Elle tire à elle la porte de la boîte aux lettres, dépose le feuillet à l'intérieur contre le fond rouillé. Je ne vois plus que son dos. Elle est vieille. À présent, je l'observe rentrer chez elle, disparaître sous la broussaille de l'allée. Elle avait collé sur la boîte aux lettres un post-it à mon attention. Voisine ne déposait jamais de courrier chez nous, dans la boîte aux lettres familiale quelques mètres plus loin. Ce feuillet n'a pas fait exception. Quand je l'ai récupéré, j'ai trouvé en son milieu une carte, Voisine avait écrit : « *Il faut que l'on parle de ton texte. J'ai plein de choses à te dire. Surtout continue.* » Et c'était signé : « *Ta "vieille" voisine.* »

Je ne sais plus quel jour est morte Voisine. Un jour d'automne peut-être. Ou d'hiver déjà. J'avais reçu la nouvelle par WhatsApp parce que je dormais chez M. Je me souviens d'avoir été surprise : les larmes avaient pris lentement mes yeux et seulement quelques-unes s'en étaient échappées. J'avais dit, Voisine est morte, et M. m'avait regardée, il avait dit merde, était venu près de moi, m'avait demandé si ça allait. J'avais dit oui et nous étions allés manger.

Voisine est une personne que j'ai toujours connue vieille. Elle était d'allure ronde, portait souvent des T-shirts à motifs, teinte pastel, les plus étonnants étant ceux avec de grandes têtes de chats. Par-dessus elle mettait de longues jaquettes tricotées qui recouvraient ses larges hanches, ses fesses. Son visage était laiteux, coupé par des lunettes rondes, rempart à son regard bleu toujours recouvert d'une eau prête à déborder. Sous des bérets, elle cachait ses cheveux blancs fragilisés. Elle habitait la maison à côté de la nôtre et je n'ai jamais réussi à savoir si elle s'appelait N. ou E. Ma sœur croyait plus en E. Voisine préférait N. Mais elle n'avait ni une tête à s'appeler E. ni une tête à s'appeler N. Ces prénoms m'ont toujours paru dissociés de ce qu'elle était, comme s'il était impossible qu'elle soit représentée ou nommée par autre chose que Voisine, elle ne pouvait pas avoir de prénom, de nom, rien qui parle d'elle, elle était trop à part, sortie du monde. Nous l'appelions Voisine et au village personne ne la connaissait.

Ma sœur et moi avons beaucoup vu Voisine. Pour les enfants que nous étions, Voisine était tout ce qu'il y avait de formidable. Le printemps et l'été, elle installait une table au bout de l'allée et nous dessinions, pétrissions de la pâte à modeler, tressions des bracelets, des scoubidous ; j'y ai même écrit un premier texte, un lapin pilote qui décidait de sauter en plein vol et, il me semble, mourait. À cette époque, ma sœur et moi étions obnubilées par une idée ; avoir une Barbie sirène, mais celle-ci n'existait pas encore. Nous en voulions à nos parents parce qu'ils ne cherchaient pas assez. Voisine avait été mise au courant par ma sœur qui disait : « Ils disent qu'ils ne trouvent pas. C'est impossible. Tous les enfants ont besoin d'une sirène. » Voisine acquiesçait et disait qu'elle avait un plan. Nous devions lui prêter chacune une Barbie pour qu'elle puisse les transformer en sirènes. Je ne savais pas si ma Barbie allait vouloir vivre toute sa vie dans l'eau et si elle n'allait pas en avoir marre comme Ariel. Voisine a dit qu'elle pourrait retourner sur terre quand elle le voudrait. Nous lui avons donné nos Barbie et, quelques jours plus tard, Voisine descendait l'allée, les mains cachées derrière son dos. Nos Barbie étaient devenues sirènes. Elles avaient toutes les deux une queue de poisson, la mienne comme Ariel en vert, celle de ma sœur en violet. Voisine avait même dissimulé leurs seins sous des coquillages. Les semaines suivantes, nous recevions d'autres queues de sirènes. Voisine semblait ne plus s'arrêter de crocheter. Bientôt, nous lui avons demandé d'autres vêtements, des mini-jupes, des débardeurs, et c'est ainsi que nous avons pu remplir un sac plein pour nos jeux.

Un jour, nous avons eu l'accord de nos parents pour choisir deux chats dans la portée de Voisine. Une de ses chattes venait de mettre bas et nous avions dû attendre quelques jours pour voir tous les chatons. Voisine avait ouvert le coffre de sa voiture et rabattu les sièges arrière. Les chatons dormaient ou marchaient lentement en trébuchant dans l'espace aménagé de la voiture. Nous avions été déçues, repérant en cet événement inhabituel l'occasion de pénétrer dans la maison de Voisine, laquelle nous restait interdite. Chez elle, c'était en désordre, nous disait-elle, elle ne pouvait pas montrer ça à des enfants. Cet après-midi où nous avons choisi les chats, ma sœur et moi recevions une amie de caractère susceptible à qui il arrivait souvent de retourner chez elle sur un coup de tête. Nous étions toutes les trois assises dans le coffre à entourer les chatons. Il y en avait deux aux poils longs et nous avons voulu ceux-là immédiatement, presque sans regarder les autres. Voisine nous a dit leur prénom, elle nommait toujours les chatons dès leur naissance pour leur faire une place dans le monde. Il y avait P., la chatte grise au ventre blanc, et F. la chatte tricolore. Voisine nous a expliqué que F. avait une drôle de frimousse avec son nez écrasé, elle ressemblait à un de ces chats de race, à la différence qu'elle était une bâtarde, d'où l'idée du prénom. Je voulais F. et ma sœur P. ; nous ne nous sommes donc pas disputées. Notre amie a voulu porter F., désormais mon chaton, ce qu'elle a fait maladroitement. F. est tombée dans le coffre de la voiture et a miaulé. Je lui ai dit qu'elle l'avait fait exprès parce qu'elle était jalouse que j'aie un si beau chaton. J'ai été méchante. Voisine a bien essayé de calmer les choses, mais notre amie s'est vexée et est rentrée chez elle. Le soir, nous avons ramené les deux chatons et les avons enfermés dans la salle de bains pour qu'ils deviennent propres.

P. est morte écrasée sur la route au-dessus de chez nous. Ma sœur l'a appris un matin alors qu'elle attendait le bus scolaire. Notre voisine d'en face lui a dit : « J'ai vu un truc pas beau sur la route ce matin. Je crois bien que c'était ton chat tout écrabouillé » et elle était partie. Ma sœur a beaucoup pleuré. L'autre chatte, F., ronfle toujours à mes côtés, actuellement en boule sur le lit où j'écris et je pense qu'il est important d'évoquer quelques points la concernant. F. est très expressive. Elle vient se poser au plus près de nous et quand M. vient dormir, elle n'hésite pas à s'étendre tout contre sa tête, ses poils mélangés aux cheveux de M. Lorsque ma mère s'est blessée à l'épaule, F. venait se coucher à l'endroit de la blessure, s'endormait. F. miaule à chaque rencontre dans la maison. Lorsque nous passons à table, F. saute sur une chaise libre, la plus rapprochée de nous, et reste là toute la durée du repas. Parfois j'oublie qu'elle est née dans la maison d'à côté, chez Voisine. Quand j'y pense, je me demande s'il y a une quelconque influence, de près ou de loin. F. a le regard aussi vif que n'importe lequel d'entre nous.

Quand ma sœur a perdu P., Voisine a été triste. Elle nous a alors autorisées à remonter l'allée avec elle, et pour nous, c'était comme une aventure. Un chemin de dalles brisées sinuait entre les arbres trop denses avec lesquels il fallait se battre pour avancer, et des chats, de partout, surgissaient et nous accompagnaient. Nous sommes entrées dans une sorte d'entrepôt où des cages vides par dizaines reposaient. Voisine a expliqué : « Des volières. » L'endroit était sombre et faisait penser aux films. Tout au fond, une cage très haute tenait debout et quelque chose semblait s'agiter à l'intérieur. Nous sommes restées là et découvrions pour la première fois des chinchillas. Je ne me souviens plus si nous avions pu les porter ou non. Nous sommes ressorties de l'entrepôt pour un autre endroit avec des cages superposées dont l'équilibre me semblait précaire. Il y avait là plusieurs sortes de hamsters, du hamster doré très gros au hamster russe très petit. Voisine a demandé si nous aimerions un hamster. Bien sûr nous avons dit oui. Ensuite nous sommes allées voir les tortues d'eau dans l'étang de son jardin mais n'avons pas pu voir les tortues de terre, à l'intérieur de la maison.

Quelque chose qui se trouve à côté de nous et qui nous est interdit devient une sorte de bulle à crever, mais à jouer à ce jeu, la magie disparaît.

Enfant, j'imaginais la maison de Voisine comme un manoir gigantesque et je pensais que Voisine était trop petite pour y habiter. Peut-être que c'était ça. S'entourer d'animaux pour ne pas remarquer que tout était trop grand. Elle nous disait souvent, et surtout depuis que notre frère venait avec nous la trouver, que nous aurions droit à un goûter dans sa maison. Elle parlait de sandwichs. Et des chats que nous rencontrerions. Nous nous réjouissions de cet après-midi qui ne venait jamais. Je savais qu'elle avait une chatte, K. peut-être, avec qui elle disait pouvoir parler. Je lui avais demandé si elle était noire, Voisine m'avait répondu que non, elle était grise et ne sortait jamais de la maison. Quand je regardais Voisine, le portail et son cadenas, le chemin embroussaillé, le jardin en friche, que je pensais aux animaux dans l'entrepôt et à ceux sous le balcon, dans le jardin et à l'intérieur de la maison, tous ces chats, K., quand je réalisais que personne ne venait jamais voir Voisine, je me disais que Voisine était une sorcière.

Maintenant que Voisine est morte, je sais que la maison n'était pas un manoir et que lorsqu'elle nous disait que tout était dérangé, tout était vraiment dérangé. La vérité est que Voisine était une femme seule, ayant attrapé la vieillesse au vol comme on attrape un rhume, brutalement et trop vite, qu'elle vivait dans une maison insalubre et que tous ses chats l'avaient quittée peu à peu, de vieillesse. Après son décès, nous avons rencontré son frère, un homme long et fin, qui nous a promis de revenir après l'inventaire de la maison. Il voulait nous remercier, les parents d'abord pour avoir laissé leurs enfants à sa sœur, nous ensuite, d'avoir bien voulu passer du temps avec elle. La maison va devoir être détruite et le frère n'est jamais revenu. Les tortues ont été récupérées par une association, les cages des rongeurs étaient vides.

J'ai encore en tête deux trois images que Voisine m'a laissées. De sa jeunesse la plupart. Je revois un quai en béton et une échelle. L'eau du lac est sombre, remuante. Elle frappe par vagues rapides et lourdes le mur du quai. La journée doit être venteuse. Peut-être que c'est le soir. Je vois Voisine, d'abord seule, en maillot de bain à raies rouges et blanches descendre l'échelle. Elle arrive dans l'eau et nage, les cheveux libres. Je peine à les voir autrement que blancs. Je peine aussi à voir Voisine jeune. Alors je vois une belle femme que je dis être Voisine. J'associe à cette image d'autres jeunes femmes, ou un homme. Dans les images qu'elle m'a laissées, il y a aussi une salle de classe, des pupitres de bois individuels, des jeunes filles habillées toutes pareil, en uniforme bien ajusté, et dehors c'est toujours l'hiver, comme si les souvenirs de Voisine ne pouvaient être que froids, et sur les pupitres il y a des ouvrages, c'est une école de couturières.

Ma sœur et moi avons grandi, et ma sœur s'est éloignée de Voisine. J'ai continué à la rencontrer, elle m'a appris à crocheter, puis à coudre. Ont suivi des visites par hasard. Des discussions toutes simples. Notre maison se trouvant au fond d'une impasse, j'étais obligée de passer devant chez Voisine pour rentrer chez moi. Des fois elle se trouvait simplement là, postée derrière le portail ou à côté de la boîte aux lettres. Sinon elle était près de sa voiture à décharger des boîtes de nourriture pour chats. Les discussions avec Voisine étaient longues. Je pouvais rester une heure, deux heures jusqu'à en avoir marre, ou trop froid ou trop faim. Souvent je ressentais de la culpabilité lorsque je coupais court à nos discussions. En grandissant, j'ai mieux compris mes parents, les astuces qu'ils déployaient pour l'éviter, le « Je vous laisse, j'ai une machine à pendre » de ma mère, le « Longue journée, j'ai encore des choses à voir d'ici demain » de mon père. Bientôt j'ai eu la mienne d'excuse et je disais : « Je suis désolée, je dois aller me préparer, j'ai mon entraînement de natation. » Ainsi nous pouvions nous éclipser. Parce que Voisine avait toujours des ennuis et se répétait beaucoup. Elle avait le besoin d'accaparer. Aujourd'hui ça me rend triste ; Voisine entretenait une forme de sagesse, à parler joliment et profondément, et pensait certainement que ça suffisait à faire oublier sa figure triste et malade, ses plaintes déplacées qui gênaient d'abord, agaçaient ensuite. Je grandissais et commençais à comprendre que Voisine était construite à partir de failles.

Il y a eu des discussions marquantes. Je me souviens d'une alors que j'étais assez jeune et venais de perdre quelqu'un de mon entourage. Quelques semaines plus tôt, Voisine m'avait dit que j'étais certainement sensible à d'autres formes de vie, des esprits. Ainsi je voulais savoir s'il était possible que je le rencontre. Quand je lui ai posé la question, Voisine, le visage fermé, s'est éloignée du portail. Elle m'a dit que oui, qu'elle n'avait pas voulu me le dire, ça aurait pu être un choc pour moi. Mais ça ne l'était pas et j'ai haussé les épaules. Un moment nous avons écouté le silence. Par-dessus le portail, elle s'est penchée et m'a dit qu'une fois un mauvais esprit l'avait menacée avec des ciseaux. Je lui ai demandé s'ils pouvaient vraiment nous faire quelque chose. Elle m'a dit oui, mais que je ne devais pas m'inquiéter. Voisine maîtrisait l'art du pendule, elle me l'avait enseigné, mais je n'ai jamais rien retrouvé avec cette magie.

J'ai appris récemment que mes parents étaient agacés par notre relation, enfants, avec Voisine. Avec le recul, je comprends qu'elle était tout ce que l'on peut trouver de bizarre dans un village et qu'elle avait tenu des propos audacieux face à des enfants. Je ne m'en crois pas chamboulée. Au contraire, ce qui m'a le plus tourmentée a été que mes parents se soient sentis délaissés. Le week-end, nous préférions rejoindre Voisine pour bricoler plutôt que de faire des activités en famille. En grandissant, j'ai découvert cet espace où les regrets se heurtent à l'incapacité de comprendre comment l'on aurait pu faire mieux, au sein de nos enfances, alors même que nous ne décidions rien.

Aujourd'hui, j'ai imaginé Voisine descendre l'allée la tête penchée en avant, la végétation dense tout autour, suivie par deux chats, elle a marché jusqu'au portail qu'elle fermait tous les soirs. Elle a sorti une clé minuscule, ouvert le cadenas du portail. Puis elle s'est postée devant la boîte aux lettres rouge. Je me suis demandé si elle pensait encore à la repeindre en bleu. Dans sa main bien serrée, elle tient maintenant un feuillet agrafé, le mien, celui qu'elle m'avait demandé un jour, parce qu'elle voulait lire ce que j'écrivais. Elle tire à elle la porte de la boîte aux lettres, dépose le feuillet à l'intérieur contre le fond rouillé. Je ne vois plus que son dos. Elle est vieille.

Les derniers temps, je l'ai évitée. Je ne la voyais pour ainsi dire jamais. Si je la voyais, elle se mettait à pleurer. Fatigue. Maladie. Solitude. Voir pleurer une vieille, ça ruine le cœur. Lorsque je l'ai vue pour la dernière fois, j'avais déjà empoché le feuillet, lu son mot. C'était une fin d'après-midi où je n'avais pas envie. Elle remontait l'allée avec son chariot, j'avais baissé la tête mais elle m'avait aperçue. Je me souviens d'avoir été énervée lorsque je l'avais vue revenir sur ses pas. Je voulais rentrer. Pas parler. Pas réconforter. À cette pensée, je m'en étais voulu et m'étais rapprochée du portail. Je l'avais remerciée d'avoir lu mon texte, me réjouissais d'écouter ses remarques. Mais aujourd'hui je sortais avec une amie et devais aller me préparer. Elle avait dit qu'elle comprenait, que j'avais une vie bien chargée, d'ailleurs elle me voyait de moins en moins passer et il y avait aussi moins souvent de la lumière dans ma chambre, elle le savait, elle l'apercevait depuis son balcon. C'était normal. C'était l'âge qui le voulait. Ses yeux étaient ronds de larmes. Je lui avais dit au revoir, puis m'étais retournée.

Pendant quelques mois je ne l'ai plus vue. Puis elle est morte. Tombée dans la maison. Retrouvée là. Personne ne savait depuis quand. Ma mère craint qu'elle n'ait souffert. Elle dit qu'elle aurait dû passer, téléphoner. Peut-être que nous aurions dû nous inquiéter. Je ne sais pas. J'entends souvent dire ma grand-mère qu'elle veut partir. Peut-être que Voisine voulait partir. Je n'ai aucune réponse. Le fait est qu'elle est morte. Je crois qu'elle a toujours détesté la vieillesse et ce qui suit, que les larmes sur son visage ont été une manière de matérialiser sa peur.

Longtemps j'ai voulu écrire sur elle. Voilà mes quelques balbutiements. C'est tout ce que j'ai. C'est tout ce qu'elle a laissé.

À présent, je l'observe rentrer chez elle, disparaître sous la broussaille de l'allée. Puis je referme l'ordinateur sur lequel j'ai écrit, le range dans une housse – tout en crochet.

Lisiane Rapin, 23 ans, Corcelles-près-Payerne, Suisse.

Lisiane Rapin est actuellement en formation pour devenir libraire. Elle a intégré un bachelor en écriture littéraire à l'Institut littéraire suisse de Bienne. Ses textes *Anita* et *Au quai Osterwald* ont, respectivement, été publiés en 2017 et 2018 lors du prix interrégional Jeunes Auteurs. Elle travaille en ce moment à l'écriture d'un roman. Ses écrivains préférés sont Dino Buzzati, Alain Damasio, John

Steinbeck, Jim Harrison, Peter Stamm et Anne-Lise Grobéty. Elle se passionne également pour la natation, la couture, la cuisine et la musique.

Lisiane a été parrainée
par Michel Lambert

Septième pierre

Camille Reynaud

Aisha Ibrahim Duhulow.

Mes doigts te cherchent sur le clavier, puis sur l'écran. Il y a plusieurs images associées à ton nom :

Une robe jaune parsemée de fleurs rouges
la peau sombre
les yeux baissés
la peau plus sombre des paupières
le front plié par le soleil
une cicatrice en forme de poisson sur le bras gauche.

Un voile noir éclairé de fleurs blanches
le visage délimité par les contours du voile
le regard grave
et tenue contre son épaule, une petite tablette en pierre, qui ressemble à une stèle, sur laquelle se projette son ombre, une stèle de forme humaine :

au niveau de la tête, sous l'arrondi du crâne, sont tracées quelques lettres (une litanie ou un prénom) au feutre rouge

rouge sur noir.

Un trou

une forme repliée en chien de fusil

une robe rose à fleurs vertes

les jambes invisibles ou fondues dans le corps, la main gauche qui dépasse sur le côté comme une nageoire, paume tournée vers le ciel

la tête qui disparaît sous une énorme pierre.

Une robe rouge

les cheveux noirs

les mains pâles comme des gants de mariée

les pierres blanches qui épousent la forme du corps

autour, le sable qui s'est teint d'un rouge encore plus rouge que la robe, un rouge sombre, presque noir

la corolle pourpre d'une fleur de sang.

Et enfin, la dernière, la plus étrange de toutes, le portrait dédoublé. On y devine une silhouette dans le coin inférieur gauche. Elle est debout, elle marche, un panier à la main, devant une rangée d'arbres – des palmiers ? – et son ombre, accrochée aux pans de sa burqa, glisse sur le sable. On ne voit que le bas du corps. Le haut est recouvert, à partir des épaules, par le visage d'une fillette de neuf ans, peut-être dix, mais guère plus. La photographie a été prise de face, en plan resserré de pièce d'identité. L'enfant a les cheveux courts, à moins qu'ils ne soient plaqués en tresses sur son crâne, c'est difficile à dire, mais le visage est dégagé. Sa peau est noire et sa bouche ouverte sur une question informulée laisse entrevoir deux rangées de dents blanches. Elle ne sourit pas et regarde droit devant elle, les yeux plissés, les sourcils qui s'enfuient l'un vers l'autre comme deux aiguilles d'horloge. Autour de son cou, on aperçoit le col bleu d'une veste de sport verte dont la fermeture éclair a été remontée jusqu'au menton. Les bords du portrait sont grignotés par un effet de flou, mauvais montage, on peut imaginer la souris qui enchaîne copier-coller-transparence-fondu sur l'écran de l'ordinateur. Les épaules de l'enfant disparaissent dans le sable. Un halo blanc entoure le visage.

Ton visage d'enfant est collé par-dessus le petit corps de la femme qui marche dans le sable sans aucun respect des proportions, et, par un jeu de perspectives, la ligne d'arbres, horizon de la première image, traverse la deuxième comme un coup de ciseau au niveau de tes yeux.

*

Pierre, feuille, ciseau. Je joue avec mon ombre sur le sol. Il doit être midi.

Pierre, feuille, ciseau. D'habitude, je joue avec Garo, mon petit frère, même s'il est aussi facile d'anticiper ses mouvements que ceux de mon ombre.

Pierre, feuille, ciseau. Je découpe l'ombre, elle me recouvre, se glisse entre mes doigts, j'essaie de l'attraper et je griffe le sol.

Pierre, feuille, ciseau. Je regarde les trois traits que mes doigts ont tracés dans la terre, la terre creusée par mes ongles sales comme eux ont creusé dans mon corps, et comme on creuse là-dehors dans la pelouse du stade.

Le stade.

Ils sont venus me chercher ce matin, m'ont fait monter à l'arrière d'une voiture et m'ont emmenée jusqu'ici. J'ai vu la ville défiler en monochrome derrière les vitres grises.

Depuis ce matin, un porte-voix hissé sur le toit d'un pick-up Toyota vert fait le tour des quartiers en ruine pour haranguer la foule et inviter les habitants à venir s'installer au stade de football de Kismaayo.

Je suis attachée sous les gradins. J'ai faim, mon ventre vide hurle mais je sais que je ne pourrais rien avaler. Mon ventre, ma gorge, mon bras droit coincé dans le dos, tout mon corps est noué.

Je veux rentrer à la maison. Là-bas, peut-être que je pourrais recommencer à manger.

Papa doit être mort d'inquiétude. Je ne sais pas ce que Tatie lui a dit. J'espère qu'ils vont venir me chercher. Mais j'ai peur de ce qui peut arriver si seulement ils essaient.

Je frissonne.

Je ne sais pas ce qu'ils vont me faire.

Il fait déjà chaud et l'air transpire le sel. J'inspire pour garder l'odeur de la mer au chaud dans mes narines, bien au chaud avec celle du riz aux épices de Mamie, oignon, cannelle, piment, noix, fruits secs, cardamome, poivre, safran. Installer l'odeur de la mer dans mon corps et dans mes souvenirs pour en chasser la poussière, pour en chasser la terre.

Je ne sais pas ce qu'ils vont me faire. Que pourraient-ils me faire de pire encore ?

Pierre
feuille
ciseau.

Je vois la foule s'amasser, j'entends les gradins craquer sous le poids de ma peur, craquer craquer il ne faut pas craquer craquer craquer craquèle, oui les gradins craquèlent et je voudrais qu'ils s'effondrent, que tous ces pieds, ces mains, ces cris disparaissent dans le trou, avalés par une bouche plus béante que la leur.

Un camion se gare au milieu du terrain, près d'une parcelle de terre fraîchement retournée. Il dépose son chargement dans un nuage de poussière. La foule s'agite, quelques curieux essaient de s'approcher, des coups de feu tirés en l'air les en dissuadent.

Kismaayo, ville portuaire du sud-est de la Somalie, est placé depuis 2007 sous le contrôle de la milice islamiste al-Shabab, un groupe terroriste créé en 2006 par Aden Hashi Farah pour instaurer la charia, « la voie vers Dieu », dans le pays.

Un policier me détache et trois autres l'aident à me pousser vers le centre du terrain, deux d'entre eux me tirent par les bras, ils me font mal, ils m'entraînent vers un trou. Je résiste et leurs grosses mains d'adultes serrent plus fort, leurs doigts d'hommes me blessent, j'ai peur que mes bras-brindilles ne cassent.

« Qu'est-ce que vous allez me faire ? »

Je sens la transpiration, froide, désagréable, couler le long de mon corps, sous mes aisselles et sous les aisselles de ceux qui me traînent vers le trou. Je me débats, j'essaie de peser le plus possible sur mes pieds, d'enfoncer mes talons dans la terre, dans la pelouse cramée du stade, mais je ne suis qu'un fétu de paille, entre leurs mains je n'ai aucun poids.

« Je ne veux pas y aller. »

Je vois la montagne de pierres qui se dresse non loin du trou.

Il est écrit dans le Coran : « N'avons-nous pas fait de la terre une couche ? Et placé les montagnes comme des piquets ? » Je vois déjà ma tête sur chacun de ces piquets. Je voudrais voir trois têtes empalées à la place de la mienne.

« Je ne veux pas y aller. »

Je me débats de plus belle, je crie, je cherche désespérément une aide du regard. Papa. Tatie. Où sont-ils ?

« Laissez-moi.

– Lâchez-moi.

– Lâchez-là ! »

Je tourne la tête vers cette autre voix d'enfant. Ce cri aigu qui n'est pas le mien mais se rapproche, se précipite vers moi à travers un petit corps d'enfant qui pourrait être celui de Garo, oui un enfant suivi d'un homme qui essaie de le rattraper, rattraper Garo, son père, Papa, je ne sais plus. Je retiens ma respiration.

Coup de feu. L'enfant s'effondre. Je cesse de me débattre.

Pierre
feuille
ciseau.

Garo. Mon petit frère.

Nous n'aurions jamais dû venir ici, nous aurions dû rester là-bas, avec Mamie, rester à Hagardera où l'herbe pousse plus haut que les maisons.

L'apparition et le développement de factions rebelles comme la milice al-Shabab sont facilités par le contexte de guerre civile qui déchire la Somalie depuis 1991. Le camp de Hagardera, à Dadaab, au Kenya, a été ouvert pour accueillir les victimes du conflit. Il s'agit du plus grand camp de réfugiés connu à ce jour.

On me plante dans la terre comme une carotte. Enfoncée jusqu'au cou.

Je sanglote. Pour moi et pour Garo.

« Ne me tuez pas. »

Sous l'administration d'al-Shabab, dont l'exercice de la terreur constitue la forme principale de gouvernance, la lapidation a été remise au goût du jour. Cette méthode d'exécution, qui punissait les crimes sexuels dans la Grèce antique, est aujourd'hui utilisée dans certains pays qui appliquent la loi islamique selon laquelle le crime d'adultère est passible de la peine de mort. Aucun verset du Coran ne mentionne la lapidation : c'est dans les hadith, lois islamiques, qu'elle est invoquée comme châtiment de l'adultère pour un homme marié ou une femme mariée. Les statistiques montrent cependant qu'en pratique ce supplice est principalement infligé à des femmes.

Un homme, deux hommes, trois hommes, je compte du bout des yeux, quatre hommes, plus quatre qui en font huit, fois quatre qui en font quatre fois plus, je compte-comptine au moins cinquante hommes autour de moi.

L'autre jour, ils n'étaient que trois, et c'était déjà trop.

Trois. Trois traits gravés dans mon corps. Trois traits. Trois hommes. Trois corps.

Pierre
feuille
ciseau.

Trois corps lourds
trop lourds
l'odeur de tabac froid
leurs corps qui puent
m'emplissent d'une odeur aigre
sueur
pisse
les rires sur leurs dents jaunes
dents jaune pisse
des hommes-pisse
qui pissent dans la terre me roulent dans la terre
leurs corps lourds d'hommes-porcs
m'emplissent de terre
terre
larmes
boue
boue pour amortir les coups
les coups dans mon ventre
pieds sexes rires dans mon ventre déchirent ma chair papier leurs sexes m'étouffent

Pierre
feuille
ciseau.
Le ciseau l'emporte sur la feuille, qu'il découpe.

Leurs corps m'ont emplie de terre
puis j'ai avalé la terre pour me rincer la bouche et enterrer le goût des hommes.

Ils m'ont arrêtée hier soir. Je suis retournée à la station de police avec Tatie parce qu'ils m'ont dit qu'ils les avaient retrouvés. J'y suis retournée et ils m'ont arrêtée.

Ils m'ont arrêtée. Moi.

Trois corps n'ont pas suffi à effacer le mien, alors ils en ont mis cinquante, cinquante bras pour marquer ma chair de leur impuissance d'hommes.

Cinquante. Je voudrais voir cinquante têtes empalées sur des piquets.

Ils sont des centaines sur les gradins, peut-être même un millier. Mille trous prêts à m'aspirer.

La mort a tant de visages.

Les yeux ouverts, je vois les hommes brandir leurs pierres. Se pourrait-il qu'Allah, Allah qu'ils invoquent pour guider leur main, guider leur pierre, se pourrait-il qu'Allah me protège, que chaque pierre ne fasse que m'effleurer, tracer des entailles dans l'air autour de moi ? Je hurle ma prière, j'appelle Dieu et le reçois de plein fouet dans le front le nez la joue le choc déchire ma chair de papier m'arrache la bouche m'arrache du sol m'arrache à moi.

L'article 104 du Code pénal iranien précise : « Les pierres utilisées pour infliger la mort par lapidation ne devront pas être grosses au point que le condamné meure après en avoir reçu une ou deux ; elles ne devront pas non plus être si petites qu'on ne puisse leur donner le nom de pierre. »

Première pierre.

L'Iranienne Soraya Manutchehri a été condamnée à mort par lapidation en 1986 à Kuhpayeh pour adultère – son mari voulait épouser une fille plus jeune, mais n'avait pas assez d'argent pour subvenir aux besoins des deux épouses. Elle avait trente-cinq ans.

Deuxième pierre.

La Nigériane Amina Lawal Kurami a été condamnée à mort par lapidation en 2002 à

Funtua pour adultère – elle était divorcée et avait accouché hors mariage. Elle avait vingt-neuf ans.

Troisième pierre.

La Française d'origine tunisienne Ghofrane Haddaoui a été lapidée à mort en 2004 à Marseille par deux jeunes hommes pour avoir refusé d'avoir des relations sexuelles avec eux. Elle avait vingt-quatre ans.

Quatrième pierre.

L'Iranienne Sakineh Mohammadi Ashtiani a été condamnée à mort par lapidation en 2006 à Tabriz pour adultère – un crime qu'elle n'a confessé qu'après avoir été torturée. Elle avait trente-neuf ans.

Cinquième pierre.

L'Irakienne Doaa Khalil Assouad a été lapidée à mort en 2007 à Qahtaniya par sa communauté pour crime d'honneur – elle appartenait à la minorité religieuse Yezidi mais souhaitait épouser un musulman. Elle avait dix-sept ans.

Sixième pierre.

La Pakistanaise Farzana Parveen Iqbal a été lapidée à mort en 2014 à Lahore par sa famille pour crime d'honneur – pour avoir épousé l'homme dont elle portait l'enfant sans le consentement de son père. Elle avait trente ans.

Partir
laisser son corps derrière soi
disparaître

je n'ai plus de corps.

J'entends le hurlement. Il me parvient de loin, étouffé. On dirait le son de ma voix.

je ne sais pas
où
je
suis

Je vois le visage de Mamie. J'étais partie voir Mamie, voilà, c'est ça, j'étais partie voir Mamie lorsqu'ils m'ont attrapée. Mamie. Je m'accroche à sa voix, à son odeur, à son souvenir.

L'air s'agite. Bruits de pas. La terre glisse autour de moi, la pression sur mon corps s'atténue.

Des mains.

Des mains qui m'agrippent.

Je ne sens plus rien et en même temps je sens tout.

Mon visage brûle.

Je n'ai plus de corps – je suis corps.

Des mains et des bras.

On me hisse hors du trou.

Des mains et des bras gantés. Des femmes.

Le vert d'eau de leur voile.

« Charia » dérive de la racine* šar, *« la voie qui mène à l'eau » ou « la voie qui mène à la source de la vie ».

Le voile vert d'eau des infirmières.

Infirmières. Infirmières. Infirmières.

Infirme hier. C'est fini.

Sauvée.

Je suis sauvée.

Papa et Maman ont hésité à m'appeler Astur, qui signifie « couvrir » ou « cacher ». Ils ont choisi Aisha : « vivante ».

« Elle respire encore. »

Elles disent ça, *elle respire encore*, elles le disent dans un souffle, puis le répètent d'une voix tremblante mais forte, assez forte pour être entendue par la foule, ou du moins par la première ligne de lanceurs, *elle respire encore*, un simple constat dans un murmure déçu, déçu oui, ou désolé, parce qu'il se fait sentence.

Elles me remettent dans le trou. Je supplie et cherche leur regard qui évite le mien.

De nouveau la terre. Le goût de la terre, métal, poussière, sang. Pierres.

Ils ont dit : « Elle a commis l'adultère. Au nom de la charia, elle doit être punie. »

Adultère.

J'ai vu cette photo, celle d'une femme enterrée de biais, enfoncée jusqu'au bassin, les bras emprisonnés, enroulée ainsi dans son voile blanc on aurait dit une statuette de la Vierge – Maman m'avait montré une Vierge, une fois, dissimulée dans le creux d'un rocher –, la femme était enroulée dans un voile blanc qui ne laissait apparaître que son visage tordu en une grimace de pure détresse tandis que des hommes en tenue militaire et des femmes en burqa, pelles à la main et fusils à l'épaule, la recouvraient de terre. Oui, je me souviens de cette adulte vivante mise en terre sans fleurs et sans prière.

Adultère, terre, terre.

Je ne suis même pas adulte. Ils disent : « Elle a vingt-trois ans. » J'en ai tout juste treize.

Je ne suis même pas mariée. Ce sont mes noces de pierres.

Pierre
feuille
ciseau.
La pierre l'emporte sur le ciseau, qu'elle écrase.

Je regarde le ciel. Derrière les taches noires qui dansent devant mes yeux j'en vois glisser d'autres, plus petites, trop petites pour qu'on leur donne le nom de pierre, et plus loin, bien plus loin, là où aucune main ne peut les attraper. Des pierres qui s'envolent et s'accrochent aux nuages pour s'assurer de ne jamais retomber.

Je ferme les yeux pour m'enfuir avec elles, avant la prochaine salve, je pars retrouver le visage de Mamie à dos d'hirondelle.

Septième pierre

La Somalienne Aisha Ibrahim Duhulow a été lapidée à mort en 2008 à Kismaayo par l'administration rebelle al-Shabab pour adultère – pour avoir été violée par des membres de la milice qui contrôlaient sa ville. Elle avait treize ans.

*

Sous l'image en papier, déposée dans un cadre sur une stèle, un ciseau a gravé dans la pierre :

Aisha Ibrahim Duhulow, 1994-2008.

Pierre
feuille
ciseau.

Que ma feuille l'emporte sur la pierre, qu'elle la recouvre comme un linceul.

Que les feuilles l'emportent sur toutes les pierres.

Camille Reynaud, 26 ans, Le Havre, France.

Camille Reynaud est diplômée d'un master de création littéraire et de l'EHESS en sciences sociales.

Elle anime des ateliers d'écriture et écrit des articles pour des magazines tels que *Switch on Paper*. Elle a écrit un premier récit autofictionnel, *Et par endroits ça fait des nœuds*. Les écrivains qui l'inspirent sont Lidia Yuknavitch, Nina Allan, Tiffany McDaniel, Nathalie Léger, Catherine Poulain, Céline Huyghebaert, Alain Damasio et Brandon Sanderson. Elle se passionne également pour la photographie numérique et argentique.

Camille a été parrainée
par Carole MARTINEZ

Le Prix du Jeune Écrivain
de langue française

Palmarès du trente-sixième Prix du Jeune Écrivain de langue française

1er Prix, *Quelle est la couleur du ciel aujourd'hui*, Marilou Rytz, vingt-quatre ans, Granges-Marnand, Suisse.

2e Prix, *Ma maman au bout d'une corde ou la raison pour laquelle j'ai cessé d'aller à la pêche*, Adéliane Sauvageau, dix-neuf ans, Victoriaville, Canada.

3e Prix, *Ave Cesar*, Juliette Guéron-Gabrielle, dix-neuf ans, Paris (75).

4e Prix, *Oxymort*, Alessandro Dobraje, vingt-cinq ans, Toulouse (31).

5e Prix, *Manon*, Margot Heymans, seize ans, Bruxelles, Belgique.

6e Prix, *Une salle des fêtes*, Simon Bizouarne, vingt-six ans, Castres (81).

Le jury a également distingué :

Parthénogenèse, Jean-Lou David, vingt-six ans, Rouyn-Noranda, Canada.

Quand on est arrivés, Solène Garnier, vingt-quatre ans, Mulhouse (68).

Autobiographie, Lisa Hazan, dix-huit ans, Tel-Aviv, Israël.

Quand est-ce qu'on arrive ?, Alexandre Meyer, vingt et un ans, Antony (92).

Disparaître sous la broussaille de l'allée, Lisiane Rapin, vingt-trois ans, Corcelles-près-Payerne, Suisse.

Septième pierre, Camille Reynaud, vingt-six ans, Le Havre (76).

Le jury

Le jury du trente-sixième Prix du Jeune Écrivain de langue française était présidé par Alain Absire et composé de :

Alain Absire, Mohammed Aïssaoui, Ingrid Astier, Georges-Olivier Châteaureynaud, Mercedes Deambrosis, Ananda Devi, Arthur Dreyfus, Dominique Fabre, Sorour Kasmaï, Michel Lambert, Carole Martinez, Bernard Quiriny, Sami Tchak, Minh Tran Huy.

Prix du Jeune Écrivain de langue française

Le Prix du Jeune Écrivain de langue française a été créé en 1984 à Muret (Haute-Garonne) sous l'impulsion d'une petite équipe de bénévoles amateurs de littérature et désireux d'encourager l'expression littéraire de jeunes écrivains.

C'est un prix annuel destiné à récompenser des œuvres d'imagination inédites, en prose (nouvelles, contes, récits), écrites en langue française par de jeunes auteurs âgés de seize à vingt-six ans. Chaque candidat reçoit le recueil des textes primés. Les textes lauréats sont publiés aux éditions Buchet/Chastel.

Le format de la *nouvelle* a été privilégié : texte d'avenir, texte bref, où la brièveté n'est pas minceur, où l'écrivain peut faire apprécier son sens de l'économie, la vigueur du trait, la justesse du tracé, la beauté de la chute, disant le moins en suggérant le plus, où le lecteur peut, cheminant d'une nouvelle à l'autre, picorer tout à loisir.

Tous les ans, environ mille manuscrits sont acheminés vers une centaine de comités de lecture répartis en France et à l'étranger. Les textes présélectionnés sont soumis à un jury, composé d'écrivains et de critiques littéraires, placé sous la présidence d'Alain Absire, prix Femina 1987.

Restée fidèle à ses racines muretaines, cette initiative originale en faveur de la création littéraire bénéficie aujourd'hui d'une audience dont le rayonnement dépasse largement nos frontières.

Le règlement du Prix est consultable en ligne sur le site internet de l'association : www.pjef.net

L'association Prix du Jeune Écrivain

L'association a pour but de promouvoir la littérature auprès de la jeunesse francophone par l'organisation d'un concours littéraire annuel. Reconnue d'utilité publique et soutenue par les ministères de l'Éducation nationale et de la Culture, des organisations francophones internationales et les collectivités territoriales, l'association Prix du Jeune Écrivain promeut la littérature sous des formes variées. À partir de l'organisation de ce prix qui occupe une place tout à fait unique parmi les prix littéraires français, l'association conduit de nombreuses actions destinées à favoriser l'émergence des écritures contemporaines et à sensibiliser les publics de la région Occitanie – notamment ceux le plus éloignés d'une offre culturelle – à la création littéraire d'aujourd'hui, à la fréquentation des œuvres et de leurs auteurs, en partenariat avec les acteurs de la chaîne du livre (auteurs, éditeur, libraires, lieux de la lecture publique...) en particulier culturels, mais aussi éducatifs, sociaux... Ainsi, proposant tout au long de l'année des événements variés, l'association Prix du Jeune Écrivain se présente-t-elle comme un solide acteur culturel de territoire, au rayonnement national et international.

117 LAURÉATS DU PRIX DU JEUNE ÉCRIVAIN ONT CONTINUÉ LEUR CHEMIN EN ÉCRITURE

Marion Achard – Stéphane Achille – Kaouther Adimi – Frédéric Adrian – Viviane Aebi – Vincent Agrech – Fabrice Anfosso – Ingrid Astier – Simon Auclair – Carole Awit – Olivier Balazuc – Marie Barthelet – Clémentine Beauvais – Antoine Bello – Ilf Eddine Bencheikh – Marie-Christine Bernard – Véronique Bessens – Claude Romanus Biao – Charlotte Biron – Isabelle Boni-Claverie – Miguel Bonnefoy – Jocelyn Bonnerave – Hugo Boris – Alice Bouchetard – Marie-Lucie Bougon – Julien Boutreux – Arthur Brügger – Valérie Cachard – Sébastien Cagnoli – Léa Cassagnau – Diane Château-Alaberdina – Chloé Chevalier – Guy Chevalley – Laëtitia Chrislit – Jean-Max Colard – Dorothée Copel – Nathalie Couilloud – Vincent Cuvellier – Marie Darrieussecq – Rémi

David – Marie Debray – Jean-Baptiste Del Amo – Julie Delfour – Aurélia Demarlier – François-Henri Désérable – Émilie Desvaux – Nafissatou Dia Diouf – Laure Didry – Hilaire Dovonon – Arthur Dreyfus – Guillaume Dufour – Isabelle Fakra – Bertrand Ferrier – Isabelle Flükiger – Catherine Fruchon – Mireille Gagné – Laura Gamboni – Laurence Garcia – Eliott de Gastines – Stéphane Gaudet – Diane Giorgis – David Glomot – Muhammad Aqiil Gopee – Baptiste Gourden – Claire-Marie Guerre – Marion Guilloux – Leila Haddad – Ethel Karskens – Anne Kerloc'h – Carl-Keven Korb – Bianca Koté – Didier Lalaye – Justine Lalot – Valérie Lamesch – Joanie Lemieux – Kateri Lemmens – Sophie Lenoir – Jinjia Li – Océane Madelaine – Dominique Mainard – Joy Majdalani – Aylin Manço – Justine Marzack – Véronique Merlier – Nicolas Michel – Aurélien Molas – Xabi Molia – Vincent Mondiot – Paul-Bernard Moracchini – Florence Morin – Floriane Olivier – Laurence Olivier – Bruno Pellegrino – Kiev Renaud – – Béatrice Roman-Amat – Louise Roullier – Joëlle Sambi Nzeba – Noémi Schaub – Emilio Sciarrino – Florence Seyvos – Élodie Soury-Lavergne – Hervé Tadie – Charles Tenguene Gomtsou – Caroline Terrée – Yasmina Traboulsi – Philippe Vasset –

Marie-Agnès Vermande-Lherm – Anne-Marie Vertefeuille – Marvin Victor – Mélanie Vincelette – Ariane Zarmanti – Anna Zerbib – Céline Zufferey.

Certains ont été très remarqués et ont reçu des prix littéraires reconnus :

Stéphane Achille : prix Robert-Cliche du premier roman 2007 ;

Kaouther Adimi : prix littéraire de la Vocation 2011 ; prix du Roman de la Fondation France-Algérie 2015 ;

Ingrid Astier : prix Paul-Féval de littérature populaire, prix Polar en plein cœur et prix Lafayette 2010 ; prix Calibre 47 2013 ; prix de la Page 15 du Cantal 2016 ; prix du Jury Pôle Art 2019 ;

Clémentine Beauvais : prix des Incorruptibles 2015-2016 ; prix des P'tits Loups, prix Chapitre Nature et Meilleur livre jeunesse par le magazine *Lire* 2015 ;

Antoine Bello : prix littéraire de la Vocation 1996 ; prix France Culture-*Télérama* 2009 ;

Marie-Christine Bernard : prix littéraire France-Québec 2009 ;

Miguel Bonnefoy : prix littéraire de la Vocation, mention spéciale du prix des Cinq Continents de la Francophonie, prix Fénéon 2015 et prix Edmée-de-la-Rochefoucault 2015 ;

Jocelyn Bonnerave : prix du Premier Roman 2009 ;

Hugo Boris : prix Emmanuel-Roblès 2006 ; prix Amerigo-Vespucci 2010 ;

Arthur Brügger : prix Bibliomedia 2016 ;

Diane Château-Alaberdina : prix du roman Marie-Claire 2019 ;

Marie Darrieussecq : prix Médicis 2013 ;

Jean-Baptiste Del Amo : prix Fénéon de littérature ; prix Laurent-Bonelli 2008 et prix François-Mauriac et prix Goncourt du premier roman 2009 ; prix des Libraires de la Ville de Nancy 2016 ;

François-Henri Désérable : prix de *L'Express*-BFMTV, prix Geneviève-Moll de la biographie, grand prix de l'Histoire de Paris et prix du Jeune Romancier 2015 ;

Émilie Desvaux : sélection du prix Emmanuel-Roblès et prix du Premier Roman de Femme 2011 ;

Arthur Dreyfus : prix Orange du Livre 2012 ; prix Mottart 2013 ;

Isabelle Flükiger : prix du concours international des Jeunes Auteurs, prix du Jeune Écrivain francophone, prix littéraire de la Société centrale canine 2012 ;

Carl-Keven Korb : prix littéraire Damase-Potvin 2015 ;

Joanie Lemieux : prix littéraire des Enseignants de français 2016 ;

Océane Madelaine : prix Première 2015 de la RTBF ; prix à la Foire du Livre de Bruxelles 2015 ;

Dominique Mainard : prix littéraire de la Vocation 1997 ; prix Roman Fnac 2002 ; prix Alain-Fournier 2003 ; prix des Libraires 2009 ;

Véronique Merlier : prix Emmanuel-Roblès 2013 ;

Nicolas Michel : prix Goncourt du premier roman, prix Emmanuel-Roblès et prix littéraire de la Vocation 1999 ;

Xabi Molia : finaliste du prix Médicis 2011 ;

Floriane Olivier : prix Claude-Nougaro 2007 et 2008 ; prix Pierre-Fossard 2007 ;

Bruno Pellegrino : prix Alain-Fournier et prix des lecteurs de la Ville de Lausanne 2019 ;

Florence Seyvos : prix Goncourt du premier roman, prix France Télévision 1995 ; prix Renaudot Poche 2014 ;

Yasmina Traboulsi : prix du Premier Roman 2003 ;

Philippe Vasset : sélection du prix Interallié, du prix Médicis, du prix Renaudot et du prix Wepler 2013 ;

Marvin Victor : grand prix du Roman de la SGDL 2011 ;

Mélanie Vincelette : prix littéraire Radio-Canada 2006 ; prix Anne-Hébert 2007.

Remerciements

Sans l'implication et l'engagement de ses partenaires, tant institutionnels et publics que professionnels et privés, l'association Prix du Jeune Écrivain ne pourrait mener à bien les missions qui sont les siennes. C'est par leur fidélité et leur confiance dans le travail mené que celles-ci se poursuivent et se développent au service de la littérature, de la jeunesse et des publics. Qu'ils en soient ici chaleureusement remerciés.

L'association Prix du Jeune Écrivain bénéficie du soutien de la Sofia copie privée, de l'Organisation internationale de la francophonie, du ministère des Affaires étrangères et de la Francophonie, du ministère de la Culture et de la Communication, du ministère de l'Éducation nationale, de la délégation à l'action culturelle du rectorat de l'académie de Toulouse, de la direction régionale des Affaires culturelles Occitanie, de la Région Occitanie, du conseil départemental de la Haute-Garonne, de la Ville de Muret, de la fondation Jan-Michalski, de Pro Helvetia – Fondation suisse pour la culture, de l'Office franco-québécois pour la jeunesse, de la Mutuelle générale de l'Éducation nationale, de la Ligue de l'enseignement, de la Comédie-Française, de *La Dépêche du Midi*, des éditions Buchet/Chastel, du conservatoire d'art dramatique de Montréal, du Robert, de la librairie Ombres Blanches, des éditions Frémeaux & associés, du cinéma Véo, de la médiathèque François-Mitterrand, d'Ixeo, du cabinet d'expertise comptable Molina, de Verre'In et Cie, de la Maison Parize, de Transdev Occitanie, d'Ugolf Toulouse Teoula, de Voyages d'Oc, du domaine de Bel Air, de Ford, d'Arthem, du club des entreprises du Muretain.

Tout renseignement complémentaire
auprès de l'association Prix du Jeune Écrivain,
18, rue de Louge
31600 Muret – France
Tél. : 05 61 56 13 15
Courriel : pje@pjef.net
Site internet : www.pjef.net
Facebook et Instagram : @prixdujeuneecrivain
Twitter : @prixdujeuneecriv

Table

DÉJÀ PARUS (Suite)

Merveille il a trop plu et autres nouvelles. Préface de Dominique Mainard. Prix du Jeune Écrivain 2004, Le Mercure de France.

Demain sans lendemain et autres nouvelles. Préface de Paul Fournel. Prix du Jeune Écrivain 2005, Le Mercure de France.

Ne rien faire et autres nouvelles. Préface de Christiane Baroche. Prix du Jeune Écrivain 2007, Buchet/Chastel.

Dans le lit du Rhône et autres nouvelles. Préface d'Alain Mabanckou. Prix du Jeune Écrivain 2008, Buchet/Chastel.

Il déserte et autres nouvelles. Préface de Philippe Ségur. Prix du Jeune Écrivain 2009, Buchet/Chastel.

L'Enfant sur la falaise et autres nouvelles. Préface de Carole Martinez. Prix du Jeune Écrivain 2010, Buchet/Chastel.

L'Idiot du village et autres nouvelles. Préface de Christiane Baroche. Prix du Jeune Écrivain 2011, Buchet/Chastel.

Histoires en creux. Préface de Sylvie Germain. Prix du Jeune Écrivain 2012, Buchet/Chastel.

Icare et autres nouvelles. Préface de Dominique Fabre. Prix du Jeune Écrivain 2013, Buchet/Chastel.

Sornettes ou vérité ? et autres nouvelles. Préface d'Ingrid Astier, postface de Françoise Gillard. Prix du Jeune Écrivain 2014, Buchet/Chastel.

Et couvertes de satin et autres nouvelles. Préface de Mercedes Deambrosis. Prix du Jeune Écrivain 2015, Buchet/Chastel.

La vie est une chose minuscule et autres nouvelles. Préface de Bernard Quiriny. Prix du Jeune Écrivain 2016, Buchet/Chastel.

Le Domaine des oiseaux et autres nouvelles. Préface de Mohammed Aïssaoui. Prix du Jeune Écrivain 2017, Buchet/Chastel.

Atterrir sur le nuage jaune et autres nouvelles. Préface d'Alain Absire. Prix du Jeune Écrivain 2018, Buchet/Chastel.

La Femme à refaire le monde et autres nouvelles. Préface de Georges-Olivier Châteaureynaud. Prix du Jeune Écrivain 2019, Buchet/Chastel.

Noir et autres nouvelles. Préface de François-Henri Désérable. Prix du Jeune Écrivain 2020, Buchet/Chastel.

COMPOSITION ET MISE EN PAGES
NORD COMPO À VILLENEUVE-D'ASCQ

CET OUVRAGE A ÉTÉ ACHEVÉ D'IMPRIMER
SUR ROTO-PAGE
PAR L'IMPRIMERIE FLOCH À MAYENNE
EN AVRIL 2021

N° d'impression : 98120
Dépôt légal : mai 2021
Imprimé en France